AF603330

Vente du 9 au 11 Avril 1894

CATALOGUE

DES

GRANDES PUBLICATIONS

LIVRES CLASSIQUES, COLLECTIONS

ANCIENNES ET MODERNES

LIVRES DE FONDS ET EN NOMBRE

EMPREINTS ET CLICHÉS

BOIS, GALVANOS, GILLOTAGES

Papiers Blanc et de Couleur pour l'Impression

PROVENANT DE LA

Société Générale de Librairie Catholique

(Librairie Victor PALMÉ)

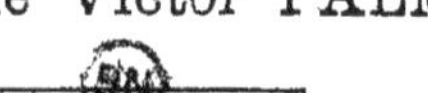

HUITIÈME PARTIE

H. CAMPAGNE
ourtier Assermenté
Rue du Trésor

MM. Em. PAUL, L. HUARD & GUILLEMIN
Libraires-Experts
28, Rue des Bons-Enfants

LA VENTE AURA LIEU

En vertu d'une ordonnance de M. le Juge-Commissaire

en date du 13 Nov. 1893

Les Lundi 9, Mardi 10 et Mercredi 11 Avril 1894

à 2 heures précises

A LA

SOCIÉTÉ GÉNÉRALE DE LIBRAIRIE CATHOLIQUE

76, Rue des Saints-Pères, Paris

Exposition les Vendredi 6 et Samedi 7 Avril

DE 2 HEURES A 5 HEURES

Voir à la fin du Catalogue les Clauses et Conditions de la V

Ordre des Vacations

PREMIÈRE VACATION

	Numéros
Lundi 9 Avril 1894	1056 à 1176

DEUXIÈME VACATION

Mardi 10 Avril	1177 à 1297

TROISIÈME VACATION

Mercredi 11 Avril	1298 à 1404

LIVRES EN LOTS

Les numéros 1349 à 1404 qui seront vendus le dernier jour comprennent :

LES CLICHÉS

LES ANALECTA JURIS PONTIFICII

ET LES

ACTA SANTORUM

par les Bollandistes

Les Libraires chargés de la vente rempliront les commissions des personnes qui ne pourront y assister

CATALOGUE

DES PUBLICATIONS

DE LA

Société Générale

DE LIBRAIRIE CATHOLIQUE

HUITIÈME PARTIE

1056. **Albert** le Grand : Opus de laudibus Virginis Mariæ. — Opusculum de laudibus Beatæ Mariæ. — S. *l. n. d.* (*Strasbourg, Mentelin*, 1474). — Ens. 2 ouvrages en 1 vol. gr. in. fol. goth. à 2 col. demi-rel. peau de truie, plats en parchemin.

Deux ouvrages extrêmement rares, dont le premier, divisé en 275 chapitres se compose de 66 ff. non ch. Le second, composé de 213 ff. également non ch. comprend 12 livres et malgré son titre est un ouvrage différent du précédent. (Voir : Hain, *Repertorium*, nos 461 et 467).

Bel exemplaire, grand de marges, avec les initiales laissées en blanc peintes en rouge.

1057. **Album** de Notre-Dame de Pontmain. Portraits des témoins, vues de Pontmain, chromolithographies, représentant les différentes poses de l'Apparition. In-8° 3 »

240 exemplaires en feuilles sans titres plus 12.550 exemplaires de la planche *Vue de Pontmain*.

1058. **Allain** (l'abbé). L'Instruction primaire avant la Révolution, in-32. 0 25

8,480 exemplaires br.

1059. **Analecta** Bollandiana, ediderunt Carolus de Smedt, G. Van Hoof et J. de Backer. In-8. Chaque fascicule 4 »

Intéressante publication faisant suite aux *Acta sanctorum*. 90 fascicules divers des tomes I à XII.

1060. — Juris Pontificii. Recueil de dissertations sur différents sujets de droit canonique, de liturgie, de théologie et d'histoire. *Paris*, 1877-1889, gr. in-4.

Collection complète de la livraison préliminaire à la 251e. Les 241 premières sont réunies en 26 volumes, demi-rel. veau brun, les autres sont brochées.

1061. — Sacra Spicilegio Solesmensi parata. Edidit Joannes Baptista Card. Pitra. In-8°. Chaque vol. 15 »

35 vol. divers des tomes I à IV et VIII.

1062. **Arnaud** (Lazare). Preuves de la Religion, in-18. 2 »

430 exemplaires br.

1063. **Artus**. Défi public à la libre pensée sur les miracles de Notre-Dame-de-Lourdes. In 12. 2 »

740 exemplaires br.

1064. **Aubineau** (Léon). Ouvrages divers :

81 volumes, savoir :

1° Parmi les lys et les épines, in-12. 3 »

9 exemplaires br.

2° Saint (le) homme de Tours, Vie de M. Dupont, in-12. 3 »

72 exemplaires br.

1065. **Augustin** (Saint). Œuvres complètes, traduites en français sous la direction de M. Raulx. *Paris*, *Palmé et Bar-le-Duc, Guérin*, 1873, gr. in-8, br. Chaque vol. 9 »

68 volumes divers, savoir : 13 exemplaires du tome XI, 33 du tome XVII, et 22 exemplaires divers des tomes I à VIII et XII à XVI.

1066. **Augustin** (Saint). Œuvres complètes, traduites et annotées. *Paris*, *Vivès*, 1872-73, 32 vol. in-8. 200 »

3 exemplaires dont un complet, et deux auxquels il manque les deux derniers volumes. Quelques volumes défraîchis.

1067 — De Civitate Dei cum commento. (A la fin :) *Impressus Venetiis*, *Octaviani Scoti*, *anno* 1489, in-fol. à 2 col. gros caractères goth. fig. sur bois au verso du titre, ais de bois recouverts de v. ant. estampé à fr.

Edition rare. — Marque de l'imprimeur à la fin du volume. Petit raccommodage au titre.

1068. — Lettres traduites en français et précédées d'une introduction par Poujoulat, 4 vol. in-8. 24 »

11 exemplaires complets et 9 tomes divers.

1069. **Avenel** (d'). Orient et Occident. 2 vol. in-12. 6 »

70 exemplaires br.

1070. **Avril** (d'). Chanson de Roland. In-18, pap. de Holl. 2 50

80 exemplaires dont 30 br. et 50 en feuilles sans couverture.

1071. **Baronius**. Annales ecclesiastici denuo excusi et ad nostra usque tempora perducti ab Augustino Theiner. *Barri-Ducis*, *Guérin*, 1864, in-4. Chaque vol. 13 »

100 volumes divers.

1072. — Annales ecclesiastici quos post Odaricum Raynaldum, ac Jacobum Laderchium, de urbe ab. an. 1572 ad nostra usque tempora continuat Aug. Theiner. *Romæ,* 1856, in-fol.

Tomes II et III br.

1073. **Batiffol**, Grammaire latine, in-12. 1 50

1,415 exemplaires dont 415 cartonnés.

1074. **Baudouin**. Histoire du protestantisme et de la ligue en Bourgogne. 2 vol. in-8. 15 »

84 exemplaires br. plus 10 exemplaires du tome II.

1075. **Bernard** (Saint). Œuvres traduites par M. Armand Ravelet, in-4. 5 »

477 volumes divers des tomes II à V, dont 30 cousus et sans couverture.

1076. **Bernard** (L'abbé Eugène). Les Dominicains dans l'Université de Paris, in-8. 7 50

88 exemplaires br.

1077. — Les Voyages de Saint-Jérôme. In-8. 6 »

49 exemplaires br.

1078. **Besson** (Mgr). Vie de la révérende mère Marie-Joseph. In-12. 3 50

138 exemplaires br.

1079. **Biblia** breves in eadem annotationes ex doctiss. interpretationibus et Hebræorum commentariis. *Parisiis Roberti Stephani,* 1532, 2 vol. in-fol. v. ant. gran.

Belle édition ; c'est la seconde Bible publiée par Robert Estienne.

Exemplaire réglé.

1080. **Bibliographie** et ouvrages historiques divers :

426 brochures ou volumes divers, savoir :

1° GONZAGUE (Louis de). Les Ecrivains de l'ordre de Prémontrés, in-8. 2 50

360 exemplaires.

2° KERVILER. Essai d'une bibliographie raisonnée de l'Académie française, in-8. 3 «

15 exemplaires br.

3° MAZURE. Poètes antiques latins, in-8. 6 »

12 exemplaires br.

4° PAWLOWSKI. Les Travaux bibliographiques de 1837 à 1878, in-8. 3 «

24 exemplaires br.

5° PIERLING. Rome et Démétrius, in-8. 7 50

6 exemplaires br.

6° VALLAVRII (Thomæ) Inscriptiones, gr. in-8. 10 »

9 exemplaires br.

1081. **Bibliorum** sacrorum græcus codex vaticanus, auspice Pio IX collatis studiis Caroli Vercellone, *Romæ*, 1869, in-4, cart. et br.

36 volumes divers cart. et br. parmi lesquels 1 exemplaire complet (6 vol.)

1082. **Bibliotheca** manualis Ecclesiæ Patrum, edidit Eudoxius Philenius. *Romæ*, 1871, 5 vol. in-8, br.

16 exemplaires

1083. **Bibliothèque** universelle du clergé : Œuvres diverses. *Paris, Migne*, 1841-1866, in-4. Chaque vol. 6 »

51 volumes divers, parmi lesquels : Histoire du Concile de Trente, Œuvres complètes de l'abbé Gérard, Catéchismes philosophiques, polémiques, etc., Perpétuité de la foi de l'Eglise catholique, Œuvres de Mgr de Pressy, etc.

1084. **Biographies** diverses :

1,091 brochures ou volumes divers, savoir :

1° GODEFROY Ménilglaise (Hélène de), par sa mère, in-8. 3 »

26 exemplaires br.

2° HENRI V et la Monarchie traditionnelle. Edition populaire, in-12. 0 30

100 exemplaires br.

3° — Le même ouvrage, édition à 0 50

60 exemplaires br.

4° HENRI V (la vie d'). 0 10

600 exemplaires br.

5° ORLÉANS (l'Evèque d'). Notes et souvenirs, in-12. 3 50

8 exemplaires br.

6° QUATRE SOLZ DE MAROLLES, par M. Augustin Paulin, in-8. 0 30

300 exemplaires br.

1085. **Blavignac**, Histoire des enseignes d'hotelleries, d'auberges et de cabarets, In-12. 3 »

53 exemplaires br.

1086. **Boquet**. Le Sang du Christ, in-12. 2 »

410 exemplaires br.

1087. **Bordas** (de) Echanges entre les nations, in-12. 2 50

968 exemplaires dont 72 br,

1088. **Boreau** (Victor). Cours complet et méthodique d'histoire et de géographie, 11 vol. in-12.

13,295 volumes divers, savoir :

1° HISTOIRE SAINTE 2 25

1,271 exemplaires dont 21 cartonnés.

2° HISTOIRE ANCIENNE. 2 »

1,195 exemplaires, dont 495 cartonnés.

3° HISTOIRE ROMAINE. 2 «

1,383 exemplaires dont 583 cartonnés.

4° HISTOIRE DU MOYEN-AGE. 2 50

1,221 exemplaires dont 221 cartonnés.

5° HISTOIRE DES TEMPS MODERNES. 2 50

1,376 exemplaires dont 186 cartonnés.

6° HISTOIRE DE FRANCE, 2 vol. 4 »

2,750 exemplaires dont 250 cartonnés.

7° HISTOIRE D'ANGLETERRE. 2 »

114 exemplaires cartonnés.

8° HISTOIRE DE RUSSIE. 2 »

1,657 exemplaires, dont 7 cartonnés.

9° GÉOGRAPHIE MODERNE. 2 50

1,110 exemplaires cartonnés.

10° HISTOIRE NATURELLE.

1,218 exemplaires dont 218 cartonnés. 2 50

1089. **Boreau** (Victor). Petit cours méthodique d'histoire et de géographie, 8 vol. in-18.

9,913 volumes divers, savoir :

1° HISTOIRE SAINTE élémentaire 0 75

1,154 exemplaires dont 256 cartonnés et 500 sans cartes.

2° HISTOIRE ROMAINE élémentaire. 0 75

844 exemplaires dont 144 cartonnés.

3° HISTOIRE ÉLÉMENTAIRE DU MOYEN-AGE. 1 »

141 exemplaires cartonnés.

4° HISTOIRE ÉLÉMENTAIRE DES TEMPS MODERNES. 1 »

2,875 exemplaires dont 45 cartonnés.

5° HISTOIRE DE FRANCE en 30 leçons. 0 75

245 exemplaires cartonnés

6° HISTOIRE DE FRANCE élémentaire, 1 «

1,368 exemplaires, dont 368 cartonnés.

7° GÉOGRAPHIE ÉLÉMENTAIRE. 0 60

2,111 exemplaires dont 611 cartonnés.

8° HISTOIRE NATURELLE élémentaire. 0 75

1,175 exemplaires dont 175 cartonnés.

1090. **Bossuet**. Œuvres complètes, publiées par des prêtres de l'Immaculée conception de Saint-Dizier. *Bar-le-Duc, Guérin*, 1862, gr. in-8, br. Chaque volume 6 »

20 volumes divers des tomes I à VII et X à XI.

1091. **Bossuet**. Œuvres complètes publiées par l'abbé Guillaume. *Paris, Berche et Tralin*, 1885, 10 vol. gr. in-8, br.

1092. **Bouquet** (Dom). Recueil des historiens des Gaules et de la France. — Ens. 18 vol. in-fol.

Tomes I à XI et tome XIII, *Paris*, 1738-86, 12 vol. in-fol. v. ant. marb. – Tomes XV, XVI, XIX, XX, XXII et XXIII, *Paris, Imp. Nationale et Palmé*, 1833-1886, 6 vol. in-fol. br. cart. toile, ébarbé, ou demi-rel. chag. plats toile.

1093. — Le même ouvrage. *Paris, Imp. Nationale et Palmé*, 1880-86, in-fol. vign. br. ou relié, chaque vol. 50 »

19 volumes divers, savoir :

Tomes XVI (14 exemplaires), XIX (2 exemplaires), XXII, et XXIII (2 exemplaires).

1094. **Bréda** (le conte de). Considérations sur le mariage au point de vue des lois, in-12. 3 »

278 exemplaires br.

1095. **Brochures** diverses.

5,186 brochures ou volumes divers, savoir ;

1° Chauvelot. L'Auteur de la *Religieuse* et du *Maudit*, in-32 0 50

56 exemplaires br.

2° Examen critique du Livre de M. Compayré, in-18. 0 50

115 exemplaires br.

3° Magistrature (la) et la crise judiciaire, in-18. 0 40

902 exemplaires br.

4° Ségur (Marquis de) Le Conseil d'état, le tribunal des conflits et les conseils académiques, in-18. 0 60

1,070 exemplaires.

5° TIMON. Des juges! des juges! in-32 0 10

570 exemplaires br.

6° UBALD DE CHANDAY (le P.). Brochures diverses, chaque 0 50

2,473 exemplaires br.

1096. **Budé** (Guillaume). Libri de Asse et partibus ejus post duas Parisienses impressiones ab eodem ipso Budæo castigati... (A la fin :) *Venetiis, in ædibus Aldi,* 1522, gr. in-8, car. ital. vélin à recouvr.

Edition rare et la seule de ce traité qui conserve de la valeur, dit Brunet.

Titre remonté et plus court que le reste du volume.

1097. **Buet** (Charles). Le Roi Charlot. Scènes de la Saint-Barthélemy, 2 vol. in-12. 6 »

248 exemplaires dont 38 br.

1098. **Bullarium** privilegiorum usque ad Clementem XII, opera et studio Cocquelines. *Romæ,* 1739-1744, 14 tomes en 23 vol. in-fol. vél.— Bullarii romani continuatio summorum pontificum Clementis XIII ad Pium VIII. *Romæ,* 1835-1859, 18 tomes en 17 vol. in-fol. à 2 col. demi-rel. parch. ou vélin plein.— Ens. 32 tomes en 40 vol.

Manquent la seconde partie du tome VI, la seconde partie du tome X et la première partie du tome XI, du premier ouvrage.

1099. **Carmandet et Fèvre.** Les Actes des saints depuis l'origine jusqu'à nos jours d'après les Bollandistes. In-4. Chaque volume 12 50

101 volumes divers br. dont 10 exemplaires complets des tomes I à IV de Janvier.

1100. **Cartier.** Les Sculptures de Solesmes. In-8. 3 »

138 exemplaires br.

1101. **Cartulaire** des abbayes de Saint-Pierre de Solesmes, publié par les bénédictins de Solesmes. *Le Mans, Monnoyer,* 1881, in-4°, planches, br.

1102. **Casabianca** (l'abbé). Le Prêtre en voyage, in-18. 2 »

1,142 exemplaires dont 68 br.

1103. **Castan**. Histoire de la Papauté, Renaissance et temps modernes. In-8. 6 »

150 exemplaires br.

1104. — De l'Idée de Dieu d'après la tradition chrétienne, 2 vol. in-8° 12 »

272 exemplaires br.

1105. — De l'Union de la religion et de la morale. In-8. 6 »

22 exemplaires br

1106. **Catéchismes**, Sacrements.

2,355 volumes divers, savoir :

1° Bon Catéchiste (le) ; Conseils pratiques, in-12. 1 »

96 exemplaires br

2° Catéchiste raisonné sur les vérités de la religion, in-18. 1 50

64 exemplaires cart.

3° Garcia Mazo. Explication du catéchisme de la doctrine chrétienne, in-18. 2 »

35 exemplaires br.

4° Guyot (Mlle). Entretiens sur le baptême et l'Eucharistie, in-32. 2 »

10 exemplaires br.

5° Intentions eucharistiques, communions d'offrande, in-18. 2 »

1,665 exemplaires br.

6° Lacoste (l'abbé). Petit traité du Saint-Esprit, in-18. 1 50

280 exemplaires br.

7° Lacroix. Confessionum audiendarum regulæ practicæ, in-12.

42 exemplaires br.

8° Loth. Fleurs de la première communion, in-12. 4 »

5 exemplaires br.

9° MANUEL des enfants qui se préparent à la communion, in-16. 1 25

54 exemplaires br.

10° MOIS (le) eucharistique, in-12. 3 50

10 exemplaires br.

11° SCHMITT. Petit catéchisme, pour les enfants de 7 à 9 ans, in-18. 3 »

25 exemplaires br.

12°. — Méthode pour préparer les enfants à la 1re communion, in-8. 3 50

28 exemplaires br,

13° SERBATI. Catéchisme de la doctrine catholique, in-12. 2 »

25 exemplaires br.

14° TRADITIO eucharistica ab ævo apostolorum ad s. XIII, 2 vol. in-12. 5 »

16 exemplaires br.

1107. **Caussette** (le R. P.). Le Bon sens de la Foi opposé à l'incrédulité de ce temps.

82 volumes, savoir :

Edition à 12 fr. en 2 vol. in-8 : 15 exemplaires br.

Edition à 7 fr. en 2 forts vol. in-12 : 26 exemplaires br. et en feuilles.

1108. — Manrèze du Prêtre, 2 vol. in-8. 12 »

32 exemplaires br. des éditions de 1880, 1885 et 1890.

1109 — Mélanges oratoires. In-8. 7 50

280 exemplaires br. sans couverture.

1110. **Cazauran** (l'abbé). Le Berceau des P. P. de Lourdes ou Notre-Dame de Garaison, in-8. 4 »

19 exemplaires br.

1111. **Célébrités** catholiques.

3,631 brochures, savoir :

1° GRATRY (le R. P.) par Chauvelot, in-8. 0 60

260 exemplaires br.

2° LACORDAIRE (le R. P.) par H. de Riancey, in-8. 1 »

485 exemplaires sans portrait et sans couverture.

3° LANDRIOT (Mgr), archevêque de Reims, in-8 avec portrait gravé. 1 »

2,386 exemplaires br.

4° PITRA (le cardinal), gr. in-8. 1 »

500 exemplaires br.

1112. **Certificats** de Première communion.

Environ 500 planches in-folio, gravées sur acier, pour garçons et filles ; sujets divers.

1113. **Champion.** Vie du Père Vincent Huby de la Cie de Jésus, de Mlle de Francheville, de Monsieur de Kerlivio, grand vicaire de Vannes. In-8. 3 50

210 exemplaires br.

1114. **Chantrel.** Ouvrages divers :

315 volumes, savoir :

1° GUERRE (la) de Prusse, in-8

195 exemplaires br.

2° HISTOIRE de la canonisation des Saints Martyrs du Japon, in-18. 1 50

120 exemplaires br.

1115. **Charvaz** (Mgr André). Ouvrages divers :

170 volumes divers, savoir :

1° DÉFENSE de la religion, 5 vol. in-12. 5 »

6 exemplaires br.

2° ŒUVRES pastorales, 4 vol. in-8.

35 exemplaires br.

1116. **Chauveau.** Souvenirs de l'école de Sainte-Geneviève. Notice sur les élèves tués à l'ennemi. 3 vol. in-12. 9 »

28 exemplaires complets plus 23 vol. divers.

1117. **Chevalier** (Ulysse). Répertoire des sources historiques du Moyen-âge. In-8 à 2 col. br. 20 »

3 exemplaires.

1118. **Chevallier** (l'abbé G.). Le Vénérable Guillaume, abbé de Saint-Bénigne de Dijon, réformateur de l'ordre bénédictin au XIe siècle, in-8. 4 »

249 exemplaires br.

1119. **Chromolithographies.** — Lot de 179 grandes planches in-fol. et in-4.

Sujets pour églises : Portraits de la Sainte Vierge, de Jésus-Christ, de Léon XIII; Saintes Familles; la Passion le Crucifiement ; Descentes de Croix ; etc.

1120. **Cicéron.** Operia omnia, præter hactenus vulgatam Dion. Lambini editionem. *Genevæ*, *Choüet*, 1617, fort vol. in-4 à 2 col. mar. r. fil. comp. et milieu dorés, tr. dor. (*Rel. de l'époque.*)

Exemplaire aux armes de PAUL DELAUNAY. — Titre fatigué.

1121. — Ouvrages divers :

2,040 volumes :

1° PRO ARCHIA, avec notes par HENRY, in-12. 1 50

890 exemplaires dont 450 cart.

2° DE SENECTUTE, avec notes par AUBERT, in-12. 1 50

1,150 exemplaires dont 750 cart,

1122. **Cirot de la Ville.** Essai de philosophie sacrée. 3 vol. in-8. 8 »

42 exemplaires br.

1123. **Classiques** grecs et latins.

4,474 volumes, savoir :

1° Cornelius Nepos. De Vita excelentium imperatorum, notes de E. Langlois, in-12 0 90

80 exemplaires cartonnés.

2° Homère. Chant VI de l'Iliade, avec notes par Tougard in-12. 0 45

385 exemplaires cartonnés.

3° Horace. L'Art poétique, avec notes de P. Lallemand, in-12 0 45

520 exemplaires cartonnés.

4° Platon. Criton, avec notes par Huit, in-12. 0 50

440 exemplaires

5° Plutarque. Vie de Cicéron, avec notes de M. Quantier. in-12. 1 »

1,180 exemplaires dont 180 cartonnés.

6° Tacite. Agricola, avec notes par l'abbé Beurlier, in-12. 0 50

569 exemplaires dont 72 cartonnés.

7° Théocrite Idylles. Chants I à XXI, in-12. 0 50

1,300 exemplaires dont 200 cartonnés.

1124. **Collin de Plancy** et l'abbé **Daras**. Grande Vie des saints. *Paris*, *Vivès*, 1872-75, 25 vol. in-8, br.

1125. **Conciles** et ouvrages divers.

2,705 brochures ou volumes divers, savoir :

1° Allemand. Le Pape et le Concile (1869), in-8. 2 50

22 exemplaires br.

2° Ballerini. De Potestate ecclesiastica, in-8. 3 50

18 exemplaires br.

3° Carpo. Ceremoniale juxta ritum romanum, fort vol. in-12. 4 »

28 exemplaires br.

4° Jaugey. Le Concile œcuménique, in-12. 2 »

1,490 exemplaires dont 290 br.

5° LA TOUR D'AUVERGNE (Mgr). Instruction synodale sur le Concile du Puy, in-8 1 »

160 exemplaires br.

6° PHILIPPE (l'abbé) Les Députations canoniques pour l'administration des séminaires, gr. in-8. 1 »

75 exemplaires br.

7° VALORI (de). Rome, le Christ et le Concile, in-8.

140 exemplaires br.

8° VAN WEDINGEN. Encyclique de S. S. Léon XIII sur le mariage et le droit, gr. in-8. 3 »

740 exemplaires br.

9° WEITENAUER. Auxilia Sacri Tribunalis. in-18. 1 »

24 exemplaires br.

10° WERVICQ (B. P. C.). Le Concile, discours, in-8. 5 »

8 exemplaires br.

1126. **Contenson** (Vincent). Theologia mentis et cordis. *Parisiis*, *Vivès*, 1875, 4 vol. in-4, br.

1127. **Cours** d'histoire ancienne et moderne.

635 volumes divers, savoir :

1° BRABANT. Histoire du Moyen-Age, in-12. 3 »

23 exemplaires br.

2° COURS d'histoire moderne, in-12. 3 50

28 exemplaires br.

3° DES NOUHES. Etude sur l'histoire romaine, in-12. 1 »

550 exemplaires br.

4° ORGEVAL (d') DUBOUCHEL. Cours d'histoire moderne, in-12. 1 50

34 exemplaires br.

1128. **Daix** (l'abbé) Choix de devoirs du petit séminaire de Saint-Nicolas du Chardonnet (1867-1881), in-12. 3 »

1,210 exemplaires dont 150 br.

1129. **Daumas** (l'abbé). Ouvrages d'éducation religieuse.

830 volumes :

1° HISTOIRE de l'ancien et du nouveau Testament, in-12 cartes et figures. 1 40

680 exemplaires dont 180 cartonnés.

2° MANUEL de Religion, d'histoire et de géographie, in-12 3 »

150 exemplaires br.

1130. **David.** Semaines liturgiques, in-16. 4 »

25 exemplaires cart. toile.

1231. **Defourny.** Ouvrages divers :

1,814 brochures ou volumes, savoir :

1° JEANNE d'Arc et le droit des gens, in-16. 0 25
1,700 exemplaires br.

2° LOY (la) de Beaumont, in-8. 6 »

14 exemplaires br.

3° **89** et le droit des gens, in-8. 1 »

100 exemplaires br.

1132. **Démonstrations** Evangéliques. *Paris, Migne,* 1853, in-4. Chaque volume 8 »

270 volumes divers br. ou reliés, parmi lesquels 4 exemplaires des 19 premiers volumes.

Quelques volumes sont endommagés par l'humidité.

1133. **Deshayes-Dubuisson** (Mlle A.). Le Manoir de Noiseville, in-12. 3 »

125 exemplaires br.

1134. **Dévotion** au Sacré-Cœur de Jésus, Méditations, etc.

946 volumes divers, savoir :

1° CALVAIRE (le) ou la Passion en forme de méditations, in-32. 1 »

40 exemplaires br.

2° Cassassajas. Petit Manuel de dévotion au Sacré-Cœur' extrait des écrits de la bienheureuse Marguerite-Marie Alacoque, in-18. 1 »

47 exemplaires br.

3° Chemin (le) de la Croix, in-18. 1 »

45 exemplaires br.

4° Croiset (le P.). Excellence de la dévotion au Cœur de Jésus-Christ, in-18. 1 50

166 exemplaires br.

5° Histoire de la dévotion au Sacré-Cœur de Jésus, in-18. 0 30

50 exemplaires br.

6° Maison (la) de Nazareth, méditations (*édition encadrée*), in-18 2 »

64 exemplaires br.

7° Méditations selon les différentes dispositions de l'âme, in-32. 1 25

79 exemplaires br.

8° Nouet (le P.). Le Chrétien à l'école du Cœur de Jésus, in-12. 4 »

9 exemplaires br.

9° Pottier (le P.). Le Cœur de Jésus salut de la France, in-48. 1 »

265 exemplaires br.

10° Trésor de l'Espérance chrétienne, in-12. 2 »

95 exemplaires br.

11° Trois offrandes au Sacré-Cœur, in-18. 1 50

36 exemplaires br.

12° Violeau. Visites au Sacré-Cœur de Jésus, in-32. 2 »

10 exemplaires br.

13° Waldner. Le Chrétien selon le Cœur de Jésus, in-18. 1 50

40 exemplaires br.

1135. **Dictionnaire** encyclopédique des sciences médicales, publié sous la direction du docteur Ac. Dehambre.

Paris Masson, 1869-85, 45 vol. gr. in-8, demi-rel. chag. grenat.

Première série : Tomes I à XXVII ; deuxième série : Tomes I à XI ; troisième série : Tomes I à V ; quatrième série : Tomes I et II.

1136. **Dictys** Cretensis de Bello Trojano. (A la fin :)... *Impressum Lugduni per Joannem Marion, sumptibus et expensis Romani Morin, anno Domini M. CCCC. XX. x. Martii* (1520), in-4 de 42 ff. non ch. car. ronds, titre en car. r. avec encadr. et fig. sur bois, lettres ornées, demi-rel. mar. noir avec coins, tr. dor. (*Pagnant.*)

Edition très rare ornée de jolies figures sur bois.

1137. **Docteur** (C.). Liaisons générales des Vérités entre elles. Application de la theologie aux sciences In-8. 7 »

80 exemplaires br

1138. — Problèmes de la vie. Recherches, etc. In-8. 5 »

350 exemplaires br.

1139. **Dourlens.** Ouvrages divers :

184 volumes, savoir :

1° Chateaubriand et extraits de ses œuvres, in-8. 5 »

9 exemplaires br.

2° Montalembert et extraits de ses œuvres, in-12. 3 »

175 exemplaires br.

1140. **Dubosc de Pesquidoux.** Ouvrages divers :

567 brochures ou volumes divers, savoir :

1° Comte (le) de Chambord d'après lui-même, fort vol. in-12 4 »

37 exemplaires br.

2° Réaction (la) religieuse et le Jubilé pontifical de Léon XIII, in-8. 1 »

530 exemplaires br.

1141. **Du Mesnil** (Vicomte Henri). Parfum du grand monde. In-12. 3 »

885 exemplaires dont 880 br. et 5 en chag. plein, tr dorée.

1142. **Duplessis** (Georges). Les Douze Apôtres. Emaux de Léonard Limosin, conservés à Chartres, dans l'Eglise Saint-Pierre. Gravures de M. Alleaume ; texte par Georges Duplessis. *Paris*, *Lévy*, 1865, in-fol. 12 pl. en chromolithographie, dans un carton.

1143. **Duval**. Jeanne d'Arc ou la délivrance de la France en 12 chants. In-8. 6 »

180 exemplaires br.

1144. **Ecriture sainte**, Biographies bibliques :

1,508 brochures ou volumes divers, savoir :

1° BLANC (l'abbé). Les Vêtements d'honneur et les éminentes qualités de la mère de Dieu, in-8.

100 exemplaires br.

2° BOSCO (l'abbé). St-Pierre, prince des apôtres, in-18. 1 »

4 exemplaires br.

3° D'ESTIENNE. Le Déluge biblique, in-8. 1 50

38 exemplaires br.

4° HERMANS. Les Anges dans la tradition, in-12. 1 75

48 exemplaires br.

5° HIRSCHER. Vie de la Sainte-Vierge, in-8 2 50

70 exemplaires br.

6° HURDEBISE. Histoire des apôtres et des premiers chrétiens in-12. 2 »

92 exemplaires br.

7° — Vie de N.-S. Jésus-Christ, in-12. 2 »

12 exemplaires br.

8° LAURENT DE ST-AIGNAN (l'abbé) L'Egypte et le Pentateuque, in-8. 1 »

58 exemplaires br.

9° LEPELLETIER (Dr). La Vie de Jésus-Christ, gr. in-8. 2 50

30 exemplaires br.

10° MARIE (Sœur). La Naissance de N. S. Jésus-Christ, in-18. 1 »

20 exemplaires br.

11° POUJOULAT. Examen de la *Vie de Jésus* de M. Renan, gr. in-8. 2 »

42 exemplaires br.

12° SIMPLES récits de l'histoire sainte, in-12. 0 75

250 exemplaires br.

13° TABLEAU synoptique de l'Ancien Testament, 12 planches in-fol. ornées de belles gravures. 10 »

710 exemplaires br.

14° VIE de la Sainte-Vierge, in-48. 2 »

34 exemplaires en feuilles.

1145. **Education** (Ouvrages sur l').

678 volumes divers, savoir :

1° BRESCIANI (le P.). Conseils de Tionide au jeune comte de Léon, pour conserver le fruit d'une bonne éducation, in-8. 2 »

35 exemplaires br.

2° CLÉMENT (l'abbé). Cours d'instruction sur l'éducation des enfants, in-12. 3 »

20 exemplaires br.

3° CONSEILS à ma fille et à mon gendre, in-18. 1 »

95 exemplaires br.

4° FONBRUNE (Mme). L'Enfance sous l'égide de la mère chrétienne, in-12. 1 50

170 exemplaires br.

5° GRAULS (Mme). Traité de l'éducation des filles, in-12. 3 50

55 exemplaires br.

6° Lectures (petites) pour les institutrices et les mères, in-18. 1 50

154 exemplaires br.

7° Pierson. Manuel d'un jeune ménage, in-12. 1 50

149 exemplaires br.

1146. **Eglise** (l') son organisation, ses rapports avec l'Etat, etc.

3,471 brochures au volumes divers, savoir :

1e Borsu. Le Prêtre, son caractère et sa vie de paroisse, in-12. 3 50

12 exemplaires br.

2° Cavaillé. Le Prêtre du siècle futur, in-12.

110 exemplaires br.

3° Contradiction (la) du monde à l'égard de l'église et de ses ministres, in-18. 1 »

87 exemplaires br.

4° Dirckinck (le R. P.). Manuale pastorum, in-18. 1 50

6 exemplaires br.

5° Doyens (les) de chapitre, in-12. 1 25

120 exemplaires br.

6° Grange. Le Conseil de fabrique de Buzeville, in-18. 0 50

720 exemplaires br.

7° Guéranger (Dom). L'Eglise, ou la Société de la louange divine, in-18. 0 75

98 exemplaires br.

8° Jacquinot (l'abbé). L'Eglise vengée par l'histoire, in-8. 2 »

130 xeemplaires br.

9° Lauwers. Du Caractère légal des traitements payés par l'Etat au clergé catholique, in-8. 1 »

95 exemplaires br.

10° Marie-Antoine (le R. P.). Triomphe de l'Eglise par le Concile et l'infaillibilité, in-12. 2 »

38 exemplaires br.

11° MANTOUCHET (l'abbé). Organisation et comptabilité des fabriques, in-12. 3 »

7 exemplaires br.

12° PENAUT (l'abbé). Manuel de l'archiconfrérie de N.-D. de la première communion, in-18, 2 »

8 exemplaires br.

13° PETIT discours sur l'Eglise prononcé le 5 juin 1870, in-32 0 10

1,800 exemplaires br.

14° VOURIOT. De la Propriété ecclésiastique en France et en Belgique, in-8, 1 »

240 exemplaires br.

1147. **Egypte.** — Réunion de 105 planches in-fol. montées sur bristol.

Belles ÉPREUVES D'ARTISTES, gravées sur bois, renfermant 158 sujets : Vues, monuments, costumes, types divers, etc.

1148. **Encyclopédie** théologique. *Paris*, *Migne*, in-4. Chaque volume. 7 »

306 volumes divers, br. ou reliés, parmi lesquels : Dictionnaire de la Bible, 4 vol. — Dictionnaire de Géographie sacrée, 3 vol. — Dictionnaire des Persécutions, 2 vol. — Dictionnaire des Hérésies, 2 vol. — Dictionnaire de philologie-sacrée, 4 vol. — Dictionnaire des Cérémonies sacrées, 3 vol. — Dictionnaire de biographie chrétienne, etc

1149. **Enseignement** religieux et laïque.

7,658 volumes divers, savoir :

1° ANNUAIRE des Universités catholiques, 1877, fort vol. in-12 2 »

400 exemplaires br.

2° CABRIÈRES (Mgr). Les Projets de loi de M. J. Ferry, in-8 3 »

50 exemplaires br.

3° ECHOS de l'enseignement laïque, in-12 1 »

455 exemplaires br.

4° ENSEIGNEMENT (l') Scientifique et médical de l'Etat par le Dr de Marmiesse, gr. in-8. 2 »

202 exemplaires br.

5° FÉLIX (le R. P.) L'Article 7 devant la raison et le bon sens.

Edition in-8 à 3.50 : 58 exemplaires br.
Edition in-12 à 1 fr. 2.398 exemplaires dont 523 br.

6° FONTAINE DE RESBECK (de). Les Projets de loi sur l'enseignement primaire, in-18 0 60

338 exemplaires br.

7° GOUY. La Guerre à l'enseignement chrétien en Belgique, in-12 2 »

2,690 exemplaires br.

8° REINHARD DE LIECHTY (l'abbé). Les Universités libres en France, in-12. 1 »

175 exemplaires br.

9° ROUVIER. Qu'est-ce que l'instruction laïque, in-18. 0 15

950 exemplaires br.

1150. **L'Epinois** (H. de). Histoire de la Restauration, in-12. 2 »

680 exemplaires dont 80 br.

1151. **Eucharistie** (Sainte), par A. M. D. G. In-48. 2 »

272 exemplaires.

1152. **Euripide.** Tragédies :

1,935 volumes :

1° ALCESTE, avec notes de Ch Huit, in-12. 0 80

950 exemplaires, dont 250 cartonnés.

2° IPHIGÉNIE à Aulis, avec notes de M. Diringer, in-12. 1 »

985 exemplaires, dont 135 cartonnés.

1153. **Faure** (E.). Voyage en Corse, 2 vol. in-12. 6 »

707 exemplaires dont 39 br. plus quelques exemplaires du tome II seul.

1154. **Féval** (Paul). Corbeille d'histoires, in-12. 3 »

92 exemplaires br.

1155. **Féval** (Paul) Coup de grâce. In-12. 3 »

259 exemplaires br.

1156. — Les Couteaux d'or. In-12. 3 »

578 exemplaires dont 28 br.

1157. — Les Etapes d'une conversion, 4 séries en 4 vol. in-12. Chaque vol. 3 »

346 volumes divers br. sauf 3 en feuilles.

1158. — Les Parvenus. In-12. 3 »

1,051 exemplaires dont 1 br.

1159. — Pas de divorce, réponse à M. Alexandre Dumas, in-12. 3 »

65 exemplaires, dont 46 br.

1160. — Ouvrages divers :

143 volumes divers, savoir :

1° Chateaupauvre, in-12. 3 »

34 exemplaires br.

2° Compagnons (les) du silence, in-12. 3 »

7 exemplaires sans couvertures

3° Dernier (le) chevalier, in-12 3 »

84 exemplaires sans titre et dernière feuille.

4° Fée (la) des grèves, in-12. 3 »

6 exemplaires br.

5° Première (la) Communion, in-12. 3 »

12 exemplaires br.

1161. **Figures** diverses.

Réunion de 100 figures diverses : *Mater Misericordiæ*, phototypie in-fol. (26 épreuves); portrait du comte de Chambord (24 épreuves); vitraux; chromos divers; figures de modes, etc.

1162. **Fouqué** (l'abbé). Leçons élémentaires de littérature. (Style). 2 50

1,400 exemplaires dont 100 br. et 137 incomplets de la seconde table.

1163. **Fraiche**, professeur au collège Stanislas. Éléments d'arithmétique, in-8. 3 »

1,428 exemplaires dont 145 br.

1164. — Éléments d'algèbre, in-8. 3 50

1,440 exemplaires, dont 160 br.

1165. — Éléments de géométrie, in-8. 7 »

1,413 exemplaires, dont 30 br.

1166. — Éléments de Physique, pour les classes de lettres, in-8, nombr. fig. br. 8 »

19 exemplaires br.

1167. — Arithmétique et géométrie, classe de quatrième, in-18. 1 50

995 exemplaires br.

1168. — Arithmétique, Algèbre et Géométrie, classe de troisième, in-8. 3 »

1,130 exemplaires dont 280 br.

1169. — Algèbre et Géométrie, classe de seconde, in-8. 2 »

1,395 exemplaires dont 105 br.

1170. — Géométrie et Algèbre. Classe de rhétorique et de philosophie, in-8. 1 »

1,595 exemplaires dont 395 br.

1171. **Franc-Maçonnerie** (Ouvrages et opuscules sur la).

3,778 brochures ou volumes divers, savoir :

1° Coltat. Francs-Maçonnerie, voilà l'ennemi, in-18. 0 25

3,168 exemplaires dont 518 br.

2° D'Etampes (Louis). La Franc-Maçonnerie et la Révolution, in-12. 3 50

54 exemplaires br.

3° Francs-Maçons (les) dévoilés par eux-mêmes, in-32. 0 10

8 exemplaires br.

4° GUERRE (la) à l'Eglise par la franc-maçonnerie, in-12 0 10
400 exemplaires br.

5° JANET (Claudio). Les Précurseurs de la Franc-Maçonnerie aux XVI et XVII° siècles, in-8. 2 »
58 exemplaires br.

6° RÉVÉLATIONS curieuses sur la Franc-Maçonnerie, in-18. 0 60
90 exemplaires br.

1172. **France** (Histoire de).

1,220 brochures ou volumes divers, savoir :

1° ARMÉE (l') nationale, in-8. 2 »
195 exemplaires br.

2° BUET. Le Droit du seigneur a-t-il existé ? in-18. 0 25
150 exemplaires br.

3° CHABOT (de). Mémoires d'un royaliste, in-12. 2 »
50 exemplaires br.

4° CHAPOY. Anne d'Autriche et la Fronde, in-12. 3 »
40 exemplaires br.

5° CHATEAUBRIAND. De Bonaparte et des Bourbons, in-8 1 50
8 exemplaires br.

6° CROS (le P.) Les Vrais Enseignements du roi Saint-Louis, in-18. 2 »
75 exemplaires br.

7° DAMOISEAU. Mirabeau et Sieyès, ou la Révolution et la contre-Révolution, gr. in-8. 1 »
335 exemplaires br.

8° GALLIER (Anatole de). Barnave, in-18. 1 50
90 exemplaires br.

9° HERVÉ BAZIN. Mémoires et récits de François Chéron, in-12 3 »
49 exemplaires br.

10° HUA. Mémoires d'un avocat au Parlement de Paris, in-8. 3 »
19 exemplaires br.

11° LAPEYROUSE DE BONFILS (Comte de). La France ancienne, sa noblesse. La France nouvelle, ses devoirs, in-8. 1 »
48 exemplaires br.

12° LEBLEU. Etudes sur Jean-Bart, in-8.
43 exemplaires br.

13° LOUIS XVI et le serrurier Gamin, in-8. 1 »
36 exemplaires br.

14° VILLERMONT (le Cte de). Un Mari au XVIIe Siècle, gr. in-16. 1 25
82 exemplaires br.

1173. **Freppel** (Mgr.). Œuvres polémiques, 1 vol. in-8 et 7 vol. in-12. 27 »
13,677 volumes divers dont 94 br.

1174. — Ouvrages divers :
515 brochures ou volumes divers, savoir :

1° APOLOGISTES (les) chrétiens au IIe siècle. 4 »
4 exemplaires br.

2° CLÉMENT d'Alexandrie. 4 »
6 exemplaires.

3° EDITION (Une) populaire de la Vie de Jésus de Renan, in-8. 0 50
13 exemplaires br.

4° INSTRUCTION (l') obligatoire, discours prononcé à la Chambre 0 25
475 exemplaires br.

5° ŒUVRES oratoires. Tome I, Discours panégyriques. 1 vol. 5 50

6° ORIGINES (les), 2 vol. 8 »
4 exemplaires.

7° SAINT Cyprien. 4 »
6 exemplaires.

8° SAINT Irenée. 4 »
2 exemplaires br.

1175. **Front** (Pierre). Le Vrai 89 ! In-32. 0 60
420 exemplaires br.

1176. **Gauthier** (Léon). La Chevalerie, gr. in-8, nombreuses fig. et pl. br. 40 »
5 exemplaires br. incomplets de la feuille 1.

1177. **Gauthier** (Léon) Les Epopées françaises. *Paris, Palmé* 1878, 3 vol. gr. in-8. 30 »

Tomes I, III et IV seuls parus.

2 exemplaires dont un br. et l'autre en demi-rel. mar. rouge avec coins, tête dorée, ébarbé, plus trois exemplaires br. du tome I et 2 du tome III.

1178. **Ginestet**. Enseignements de Notre-Dame de Lourdes. 2 vol. in-12. 6 »

764 exemplaires dont 14 br.

1179. **Glaire** (l'abbé). Dictionnaire universel des sciences ecclésiastiques. *Paris, Poussielgue*, 1868, 2 vol. in-8, demi-rel. v. brun. 32 »

1180. **Grammey** (H. de). Madame en Vendée, in-12, avec photographie et autographe. 3 »

1,964 exemplaires br.

1181. **Grenade** (le R. P. Louis de). Les Œuvres spirituelles, divisées en quatre parties... Traduites de nouveau en français par M. Girard. *Paris, Moette*, 1690, in-fol. à 2 col. v. ant. granit.

1182. **Gréval** (de). Voyage sur les bords de la Néva. In-12. 3 »

398 exemplaires br,

1183. **Grou** (le P.). Le Livre du jeune homme, ou Maximes pour la conduite de la vie ; ouvrage inédit publié par le P. Jean Noury. in-12. 2 »

817 exemplaires dont 77 br.

1184. **Guéranger** (Dom). Institutions liturgiques. In-8. Chaque vol. 10 »

364 volumes divers des tomes II à IV dont 40 br.; les exemplaires du tome IV sont sans couverture.

1185. **Guérin** (Mgr). Les Conciles généraux et particuliers. in-8. 5 »

60 exemplaires du tome III.

1186. **Guerre** (la) de 1870 et la Commune.

1,314 volumes divers, savoir :

1° BATTIFOL. Causes et remèdes de nos désastres, in-12. 2 »

90 exemplaires br. de la 1re partie plus 17 de la 2e.

2° CONCILIABULES (les) de l'Hôtel-de-Ville, par J. d'Arsac, in-12. 1 25

123 exemplaires br.

3° JOSEPH (R. P.). La Captivité à Ulm, in-12. 2 50

4 exemplaires br.

4° RÉSURRECTION (la) de la France et le châtiment de la Prusse, in-12. 0 60

49 exemplaires br.

5° SEMAINE (une) sous la Commune de Paris, par l'abbé Ravaille, in-12. 2 »

17 exemplaires br. (couvertures abimées).

6° THOMAS (le commandant), Metz, in-8. 2 »

15 exemplaires br.

7° VILLIERS (Léon de) et TARGES (G. de). Paris sauvé ou débâcle de la Commune, in-8, figure. 1 50

380 exemplaires br.

8° VUILLETET. Garibaldi en France, in-32. » 25

620 exemplaires br.

1187. **Hanrion** Histoire ecclésiastique. *Paris, Migne*, 1852, in-4. Chaque volume, 6 »

103 volumes divers, dont 1 relié, parmi lesquels deux exemplaires des tomes I à XXII.

1188. **Hello** (Mme Ernest). Notre-Dame du Sacré-Cœur (sanctuaire d'Issoudun). In-12. 3 »

1,415 exemplaires dont 555 br.

1189. **Histoire** de France. — 153 planches in-4 par Moreau le jeune et Lépicié, accompagnées d'un texte gravé.

Epreuves NON ROGNÉS.

1190. **Histoire** Littéraire de la France par des religieux bénédictinsde la Congrégation de S. Maur. (D. Rivet, Taillandier et Clémencet). *Paris, Osmont*, 1733-1763 et*Firmin-Didot*, 1814-1873, 18 tomes en 19 vol. in-4, basane granit ou br.

Tomes I à XV, 16 vol. reliés en bas . ant. et tomes XVIII, XXV et XVI, 3 vol. br.

1191. — Des Pays Etrangers.

255 volumes divers savoir :

1° Barthélemy (le Cte). Derniers mois de la légation de France à Mayence, in-8. 1 »

20 exemplaires br.

2° Kurth. Philippe II, roi d'Espagne, in-12. 2 »

60 exemplaires br.

3° Saint-Génes (de). Histoire de Savoie, 3 vol. in-12. 12 »

4 exemplaires br.

4° Tondini (R. P.). Règlement ecclésiastique de Pierre-le-Grand, in-8. 12 »

2 exemplaires reliés.

5° Van der Dussen. L'Espagne sauvée, in-12 1 »

115 exemplaires br.

6° Villedieux. La Pologne chrétienne et nouvelle, gr. in-8. 1 »

42 exemplaires br.

7° Wœste. Histoire du Culturkampf en Suisse, in-8. 4 »

12 exemplaires br.

1192. **Hornstein.** L'Eglise enseignante ou le Pape et le Concile, in-8.

41 exemplaires br.

1193. **Jacquet.** Manuel populaire de toutes les connaissances usuelles, in-12. 3 50

70 exemplaires br.

1194. **Jeanne d'Arc** (Ouvrages sur).

1,086 volumes, savoir :

1° Charpentier. Jeanne d'Arc, tragédie en 5 actes, in-8 3 »

376 exemplaires br.

2° Laboulaye (Mme de). Vie de Jeanne d'Arc, in-12. 2 »

114 exemplaires br.

3° Murot (l'abbé). Jeanne d'Arc en face de l'Eglise et de la Révolution, in-12. 1 »

596 exemplaires br.

1195. **Juris** Ecclesiastici græcorum historia et monumenta, jussu Pii IX, curante J. B. Pitra, card. *Romæ*, 1864, in-fol. br.

4 exemplaires du tome I.

1196. **Kerviler**. La Bretagne à l'Académie au XVIIe siècle, in-8. 5 »

1,252 exemplaires dont 102 br.

1197. **Kinane**. Colombe du Tabernacle. Traduction non encadrée. Traduction de M. Chantrel.

3,293 exemplaires de chacune des feuilles 1 à 6.

1198. **Labbeus** (Phil.). Sacrorum Conciliorum nova et amplissima Collectio in qua Ph. Labbeus et Gabr. Cossartius in lucem edidere. *Florentiæ*, 1759, 10 vol. in-fol.

Tomes I à V et XIX à XXII ; plus un exemplaire en double du tome XXI.

1199. **Lachèze** (Pierre). La Perfection chrétienne d'après l'*Imitation de Jésus-Christ*, fort vol. in-12. 5 »

100 exemplaires dont 10 br.

1200. **Landriot** (Mgr.). Les Béatitudes évangéliques, 2 vol. in-8. Chaque vol. 6 »

106 volumes divers br. formant : 22 exemplaires complets et 62 exemplaires du tome II.

Quelques volumes sont endommagés par l'humidité.

1201. **Landriot** (Mgr). Ouvrages divers :

223 volumes divers, savoir :

1° Autorité et Liberté, in-12. 2 »

200 exemplaires.

2° Femme (la) forte, in-8. 8 »

13 exemplaires sans couvertures.

3° Symbolisme, in-12. 3 »

10 exemplaires br.

1202. **Langues** grecque et latine.

1,302 volumes divers savoir :

1° Beurlier (l'abbé). Histoire abrégée de la littérature latine, in-12. 1 25

985 exemplaires, dont 825 br. et 160 cart.

2° Gontier. Traité de la bonne prononciation latine, in-12. 0 75

12 exemplaires br.

3° Janssens. Abrégé de la grammaire grecque, in-8. 1 75

25 exemplaires br.

4° — Grammaire grecque, in-8. 4 »

4 exemplaires br.

5° Lhomond. Epitome historiæ sacræ, in-12. 1 »

730 exemplaires, dont 130 cart.

6° Vandenagheyn. Traité de la quantité prosodique, in-12 2 50

46 exemplaires br.

1203. — étrangères.

139 volumes divers, savoir :

1° Rudelle (L. de). Le Phraséologue idiomatique et pratique en français et en anglais, in-8. 2 50

34 exemplaires br.

2° STOFFEL. Grammaire allemande, méthodique et complète, in-12. 2 50

50 exemplaires br.

3° — Nouveau cours de langue allemande Corrigé de la méthode élémentaire, in-18.

55 exemplaires br.

1204. **La Rocheterie** (Maxime de). Brochures sur la Révolution. — Chaque. 0 20

3,358 brochures diverses, savoir :

1° Le 20 juin 1792, gr. in-18.

945 exemplaires br.

2° Les 5 et 6 octobre 1793, gr. in-18.

895 exemplaires br.

3° Le 16 octobre 1793, gr. in-18.

600 exemplaires br.

4° Mme Elisabeth, gr. in-18.

918 exemplaires dont 240 br.

1205. — Ouvrages historiques, in-32. 0 25

6,995 volumes divers :

1° LOUIS XVII, in-32.

2,816 exemplaires dont 616 br.

2° MARIE-ANTOINETTE, in-32.

4,179 exemplaires dont 179 br.

1206. **Lasserre** (Henri). Notre-Dame de Lourdes, in-4, encadrem. variés, chromolithog. et fig. 25 »

162 exemplaires dont 17 complets, 29 incomplets d'une planche, 8 incomplets de 2 planches, 108 incomplets de 3, 4 ou 5 planches (sur 6) de quelques couvertures et de quelques titres ; plus un certain nombre de défets de texte et de quelques chromos (l'*Apparition*).

1207. **Lasserre** (Henri). Episodes miraculeux de Notre-Dame de Lourdes, in-12, 3 50

64 exemplaires, dont 36 br.

1208. **Lavergne** (Mme Julie). Les Jours de cristal, contes et nouvelles, in-12. 3 »

467 exemplaires, dont 7 br.

1209. **Lebleu**. Vingt-cinq ans de Sorbonne et de Collège de France. 1860-1884, in-12. 3 »

260 exemplaires br.

1210. **Lecoy de la Marche**. Vie de Jésus-Christ, d'après Ludolphe le Chartreux, in-8. 20 »

10 exemplaires dont 1 en demi rel. chag.

1211. **Le Marchant** (Jacques). Hortus Pastorum in quo continetur omnis doctrina fidei et morum..... auctore Jacobo Marchantis. *Coloniæ Agrippinæ, Hermanni Dehmen,* 1672, in-4 à 2 col. front. sur cuivre, peau de truie estampée à fr. fermoirs.

1212. **Léon XIII**. Lettres encycliques.

7,535 brochures, savoir :

1° Constitution (de la) Chrétienne des Etats, in-18. 0 10

6,900 exemplaires br.

2°. — Edition in-12.

225 exemplaires br.

3° Liberté (de la) humaine, in-8. 0 50

410 exemplaires br.

1213. **Littérature** (Mélanges de).

702 volumes divers, savoir :

1° Chefs-d'œuvre des classiques français du XVIIe siècle, in-12. 1 50

97 exemplaires, dont 50 br. et 47 cart. toile.

2° Goethe. Poésies lyriques, nouvelle édition par l'abbé Danglard, in-12, fig. 1 50

425 exemplaires, dont 350 cart. et 25 br.

3° Racine. Andromaque, in-12. 0 75

180 exemplaires cart.

1214. **Liturgie**, Chants d'église, Sermons, Panégyriques, etc.

1,180 brochures ou volumes divers, savoir :

1° Arminjon (l'abbé). Panégyriques et discours, in-12.

100 exemplaires br.

2° Boulangé (l'abbé). Cérémonial romain, in-12. 2 »

39 exemplaires br.

3° Boutard (l'abbé). Les Grandes Antiennes de l'Avent, in-12. 1 25

35 exemplaires br.

4° Cantus Passionis Domini nostri J.-C. in-4, avec musique. 3 50

38 exemplaires br.

5° Chapot (l'abbé). Le Cléricalisme et l'esprit moderne, in-12. 2 »

8 exemplaires br.

6° Donnet (le cardinal). Oraison funèbre de Mgr A.-L. de Salinis, gr. in-8. 1 »

145 exemplaires br.

7° Doullet. Les Psaumes étudiés en vue de la prédication. 3 vol. in-12. 10 50

4 exemplaires br.

8° Druon. Panégyrique de Saint-Vincent de Paul, in-16. 1 »

204 exemplaires br.

9° Heymans (le P.). Octave des âmes, in-12. 1 25

60 exemplaires br.

10° Jausions. Petit office de la Vierge Marie, fort vol. in-12. 2 50

55 exemplaires br.

11° JEAN CHRYSOSTOME (St). Panégyriques de St-Ignace et des Saints Juventin et Martimin, in-8. 1 25

49 exemplaires br.

12° JUGE. Manuel de la prédication populaire, 2 vol. in-12. 6 »

15 exemplaires.

13° LABAT. Etude sur l'harmonisation du chant des Psaumes, in-8. 1 »

20 exemplaires br.

14° MASSARD (l'abbé). La Liturgie expliquée, 2 vol. in-18. 4 «

15 exemplaires br.

15° MULLER. Chants divers en l'honneur du Saint-Sacrement et de la Sainte-Vierge, in-8. 2 »

35 exemplaires br.

16° PÉLISSIER. Le Chant religieux, in-8.

190 exemplaires br.

17° PRIÈRES et cérémonies pour la consécration d'une église, gr. in-8. 1 50

16 exemplaires br.

18° SCHAECKEN. Noël pour ténor ou soprano, avec chœur à quatre voix, in-fol. 0 75

60 exemplaires br.

19° STANISLAS (le R. P.). Sermons, in-8. 2 »

92 exemplaires br.

1215. Livres illustrés,

22 volumes divers, savoir :

1° BUET (Charles). Madagascar, la reine des Iles Africaines, in-8, nombreuses fig. 6 »

3 exemplaires br. dont 1 avec la couverture défraichie.

2° CHAUVEAU. Au Service du pays, 2e série, in-8. 6 »

1 exemplaire br.

3° Féval (Paul). Première aventure de Corentin Quimper, in-8. 6 »

3 exemplaires br.

4° Herbert (Lady). L'Algérie contemporaine illustrée, in-8, fig. en noir et en couleurs, carte. 8 »

6 exemplaires br.

5° Veuillot (L.). Les Français en Algérie, in-8. 1 50

9 exemplaires br.

1216. **Longfellow**, Evangeline, traduit de l'anglais par Kurth 1 50

142 exemplaires br.

1217. **Lourdes** et divers lieux de pélérinage.

4,187 volumes divers, savoir :

1° Alcyoni. Neuvaines à N.-D. de Lourdes, in-18. 0 30

1,280 exemplaires br.

2° Almanachs de Notre-Dame de Lourdes, gr. in-18. 0 50

2,390 exemplaires des années 1887, 1888, 1889 et 1893.

3° Beauregard (Mlle). Le Guide Pélerin au St-Suaire de Cadouin, fort vol. in-18. 2

95 exemplaires br.

4° Lasserre (H.). The Month of Mary, our Lady of Lourdes, in-16. 2 »

50 exemplaires br.

5° — Notre-Dame de Lourdes, in-12. 3 50

11 exemplaires br.

6° Marie-Antoine (le R. P.). Manuel du Pélerin de Lourdes, in-18. 1 25

14 exemplaires br.

7° Notre-Dame de Lourdes. Guérison de Caroline Enerteau, in-12. 1 »

142 exemplaires br.

8° NOUVEAU mois de Marie de Notre-Dame de Lourdes in-12. 2 »

1 exemplaire.

9° PIERAERTS. Lourdes, la Sainte-Baume et la Salette, in-12. 1 50

166 exemplaires br.

10° RICHARD (l'abbé). L'Evénement de Pontmain (Mayenne); nouvelle édition illustrée de 11 chromos, in-8. 3 »

25 exemplaires br.

11° ROUSSEL. Lourdes en 1876 in-12. 1 »

13 exemplaires br.

1218. **Loudun** (Eugène). Les Pères de l'Eglise, choix de lectures morales, 4e édition, in-12.

2,719 exemplaires dont 149 cartonnés et 2,570 en feuilles.

1219. **Ludolphe** le Chartreux. Vita Jesu Christi, in-fol. 75 »

25 exemplaires sans couvertures dont 1 complet, 6 incomplets de la feuille 47 et 9 incomplets de la feuille 50.

1220. **Ludolphe** le Chartreux. Vita Jesu Christi Domini ac Salvatoris nostri, editio novissima. curante L. M. Rigollot, 2 parties en 4 vol. in-8. à deux colonnes, avec portrait. 24 »

332 exemplaires, dont 23 incomplets du titre des tomes III et 5 incomplets du titre du tome IV, plus 97 volumes divers dont plusieurs sans titres.

1221. **Maison** (la) de campagne, journal agricole et horticole illustré des châteaux et villas. etc, in-8, illustré. 16 »

277 exemplaires br.

1222. **Maistre** Saint-Clément de Rome, son histoire renfermant les actes de Saint-Pierre, 2 vol. in-8. 14 »

180 exemplaires br.

1223. **Mallesou** Histoire des Français dans l'Inde, in-8. 7 50

31 exemplaires br.

1224. **Mariage** et Divorce.

4,140 brochures, savoir :

1° Brettes. Le Mariage civil. 0 25

3,600 exemplaires br.

2° Nicolay (Fernand). Le Divorce, son histoire, ses périls, in-8. 0 60

500 exemplaires br.

3° Vernet. Aperçu de la législation anglaise sur le mariage et le divorce, gr. in-8. 1 »

40 exemplaires br.

1225. **Martinow.** Cursus vitæ et certamen Martyrii B. Josaphat Kuncevii, in-8. 5 »

73 exemplaires br.

1226. **Martyrs**, Persécutions, Missions,

991 brochures ou volumes divers, savoir :

1° Decker (le P. de). Les Missions catholiques, in-12. 3 50

23 exemplaires br.

2° Expulsion des religieux à Solesmes, Le Mans, Orléans, etc. in-12. 0 60

470 exemplaires br.

3° Expulsion des religieux dans la Vendée et les Deux-Sèvres, in-12. 0 60

60 exemplaires br.

4° Laforêt (Mgr). Les Martyrs de Gorcum, in-18, orné de 4 portraits. 2 50

9 exemplaires br.

5° Lécuyer (le P.). Les Martyrs d'Arcueil (1871), 2e édition, in-12. 1 »

195 exemplaires br.

6° Martyrs et Poëtes, in-12. 1 25

25 exemplaires br.

7° Perdereau (le P.). Les Martyrs de Picpus, in-12. 3 »

19 exemplaires br.

8° Piolin (Dom). Persécutions endurées pendant la Révolution par les Religieux de St-Joseph de Beaufort en Vallée, gr. in-8. 2 «

170 exemplaires br.

9° Ricard (Mgr). L'Eglise catholique et la Cafrerie, in-12. 2 »

20 exemplaires br.

1227. **Mas-Latrie** (le comte de). Trésor de chronologie, d'histoire et de géographie, pour l'étude et l'emploi des documents du moyen âge. *Paris, Palmé* 1889, in-fol. demi-rel. chag. noir, plats toile, tr. peigne.

1228. **Maurin**. Vie nouvelle de Pauline-Marie Jaricot, fondatrice de la propagation de la Foi et du Rosaire vivant, édition populaire, in-18 avec portraits. 4 »

57 exemplaires br.

1229. **Mélanges** historiques, in-32. Chaque vol. 25 »

3,465 volumes :

1° Claye (A. de). Les Enterrements civils.

106 exemplaires br.

2° Gandy. La Saint-Barthélémy.

109 exemplaires br.

3° Gossin. Histoire d'une commune.

3,250 exemplaires br.

1230. **Mélanges** de littérature.

147 volumes ou brochures divers savoir :

1° Ambert. Le Chemin de Damas, in-12. 3 »

12 exemplaires br.

2° DALLIER. Le XIXe siècle, satires, in-8. 1 »

100 exemplaires br.

3° DU CLÉSIEUX. Exil et patrie, in-8. 5 »

6 exemplaires br.

4° GAALON-BARZAY. Nationales, vers et prose, in-8. 3 50

7 exemplaires br.

5° KARR (Mlle). Causeries, in-12. 2 »

9 exemplaires br.

6° MAZUYER. Rimes et raison, 1868-1887, in-8. 6 »

13 exemplaires br.

1231. Mélanges religieux.

2,822 brochures ou volumes divers, savoir :

1° BONALD (de). Deux questions sur le Concordat de 1801, in-8. 3 »

66 exemplaires br.

2° CABIBEL. La Révolution et le clergé. in-8 3 »

27 exemplaires br.

3° CASTERAN. Le Camp de Dieu, in-12. 1 50

190 exemplaires br.

4° DEGROU. Le Grand combat, in-8. 4 »

15 exemplaires br.

5° DROIT (le) divin, in-8. 1 20

103 exemplaires

6° LEMANN. Le Pape des Croisades. br. in-8.

400 exemplaires br.

7° LONGEVILLE (G. de). Libre penseur solidaire, in-8. 1 »

235 exemplaires br.

8° MORISOT (l'abbé). Appel à Dieu, jubilé de 1881, in-18. 1 »

619 exemplaires br.

9° Pecci. La Prédetermination physique et la science moyenne, in-8.

72 exemplaires br.

10° Vérité (la), par Ald. P. in-8. 1 50

435 exemplaires br.

11° Verdereau (l'abbé). Exposition historique des propositions du Syllabus, in-18. 2 »

660 exemplaires

1232. **Memain** (le P.) Etudes chronologiques pour l'histoire de N.-S. J.-C., in-8. 6 »

173 exemplaires br.

1233. **Mémorial** littéraire, ou Choix de compositions françaises des rhétoriciens de Luxeuil, mises en ordre par l'abbé Clerc, in-8.

49 exemplaires br. dont la plupart ont les couvertures détériorées.

1234. **Méric** (l'abbé). Histoire de M. Emery et de l'Eglise de France pendant la Révolution, 2 beaux vol. in-12. 6 »

147 exemplaires dont 32 br.

1235. **Missels**, éditions diverses :

72 volumes divers, savoir :

1° Choussy. Missel poétique, suivi des vêpres, mariage, chemin de croix, etc. le tout en vers, in-32. 3 »

25 exemplaires cart. toile noire.

2° Missæ defunctorum, ex Missale romanum, in-4. 3 50

24 exemplaires br.

3° Missale Romanum. *Edition de Malines et Turin*, in-4.

22 exemplaires br.

4° Missale Romanum. *Edition Mame*, gr. in-8, chagrin noir, tr. dor. 14 »

1236. **Mois de Marie** et divers ouvrages de piété.

1,210 volumes divers, savoir :

1° Alcyoni. Mois de Marie avec Pie IX, 2me édition, in-19. 1 »

260 exemplaires br.

2° Blois (L. de). Délices des amis de J.-C. in-18. 1 25

48 exemplaires br.

3° Bourgeau (l'abbé). Jésus-Christ connu et aimé, in-18. 2 »

156 exemplaires br.

4° Darche. Cœur de Saint-Joseph, in-12.

110 exemplaires br. 1 50

5° Denis (le R. P.). Bontés de la Reine du Ciel, in-12. 2 »

54 exemplaires br.

6° Dumax (l'abbé). Mois de Marie de la jeune chrétienne. in-48, texte encadré d'un fil. r. fleurons. 2 »

100 exemplaires sans couvertures.

7° Garnié (l'abbé). Nouveau Mois de Marie. in-12. 2 50

150 exemplaires br.

8° Grace (la) du renouvellement par l'abbé E. de L. in-8. 1 »

80 exemplaires br.

9° Guyard (l'abbé). Marie reine et mère des Saints, fort vol. in-12. 3 50

24 exemplaires br.

10° Houry. Imitation de St-Joseph, in-18. 1 25

155 exemplaires br.

11° Jacolet (le P.). Le plus ancien Mois de Marie, publié à Dilligen en 1724, in-32. 1 »

11 exemplaires.

12° Lamothe-Tenet (Mgr). Lectures pieuses pour le mois de mars, in-18. 1 50

16 exemplaires br.

13° Peyre (l'abbé). Mois de Marie pratique, in-18. 1 25

12 exemplaires br.

14° Xavier (l'abbé). Litanies de la Sainte-Vierge. Mois de Marie de l'institution des jeunes aveugles de Nancy, in-12

34 exemplaires br. 2 »

1237. **Monacellus** (Franciscus). Formularum legale practicum, fori ecclesiastici opus episcopi vicariis generalibus. Editio tertia. *Romæ*, 1844-45, 4 vol. in-fol. br.

1238. **Morisot** (Abbé). L'Année apostolique ou Entretiens sur les fêtes de l'année, 2 vol. in-12. 6 »

1422 exemplaires br.

1239. — Le Crise avant Bethléem, in-8. 6 »

170 exemplaires br.

1240. **Moussac**. La Ligue de l'enseignement, in-12. 2 50

520 exemplaires br.

1241. **Mury** (l'abbé). Histoire romaine, 2 vol. in-12. 5 »

1600 exemplaires.

1242. — Résumé de l'Histoire romaine, in-12. 2 »

1,236 exemplaires dont 120 cartonnés

1243. **Nouet** (le P.) Introduction à la vie d'Oraison. in-12. 3 »

348 exemplaires br.

1244. **Opuscules** de divers archevêques et évêques.

2,252 brochures, savoir :

1° Dupanloup (Mgr). Où allons-nous ? 0 40

139 exemplaires br.

2° LETTRES de l'archevêque de Tours, des évêques d'Angers, du Mans, de Nantes et de Laval à M. le Président de la République, petit in-16. 0 10

2,030 exemplaires br.

3° MERMILLOD (Mgr). Oraison funèbre de Mgr de La Bouillerie, in-8.

13 exemplaires br.

4° Oraison funèbre de S. E. François Régnier, in-8

70 exemplaires br.

1245. **Odres** Religieux.

7,050 brochures diverses savoir :

1° BOSIA (abbé). Un jour de repos par semaine, in-18. 0 30

415 exemplaires.

2° FLEURY (l'abbé). Le Soldat chrétien, in-18. 0 50

1,125 exemplaires br.

3° RIBBE (de). La Famille d'après la Bible, in-32. 0 25

2,960 exemplaires br.

4° SOUVENIRS de la Saint Michel, 29 Septembre 1880, in-32. 0 25

2,550 exemplaires, dont 800 br.

1246. **Orateurs** sacrés. *Paris, Migne.* in-4. Chaque volume 6 »

24 volumes divers reliés ou brochés.

1247. **Ordres** religieux, Communautés, Histoire des religions.

979 volumes divers, savoir :

1° ANNALES de l'abbaye d'Aiguebelle de l'ordre de Citeaux, in-8. 10

4 exemplaires br.

2° Bullat (Don Ambroise Marie). Chartreuse et seigneurie du Val S-Martin de Sélignac, in-8. 5 »

10 exemplaires br.

3° Butel. La Vie de collège chez les Jésuites, in-8. 1 »

190 exemplaires br,

4° Cartier. Les Moines de Solesmes, in-12. 3 »

66 exemplaires br.

5° Danzas. Etudes sur les temps primitifs de l'ordre de St-Dominique, 3 vol. in-8. 15 »

1 exemplaire br.

6° Drioux (l'abbé) Histoire de l'Eglise, 4 vol. in-8. 24 »

1 exemplaire br.

7° — Précis de l'histoire de l'Eglise, 4 vol. in-8. 21 »

2 exemplaires br.

8° Franclieu (de). Pie VI dans les prisons du Dauphiné, in-12. 3 »

12 exemplaires br.

9° Jacquier. De la condition légale des communautés religieuses en France, in-8. 7 50

10 exemplaires br.

10° Jésuites (les) et leurs ennemis, in-12. 1 »

24 exemplaires br.

11° Launay (de) Histoire des religieuses hospitalières de St-Joseph, 2 vol. in-8.

18 exemplaires br.

12° L'Epinois (H. de). La Ligue et les Papes, in-8. 7 50

4 exemplaires br.

13° Lerpigny. Un Arbitrage pontifical au XVIe siècle, in-12. 3 »

49 exemplaires br.

14° Marin de Boylesve. L'Eglise et l'Hérésie, in-8. 2 50

170 exemplaires br.

15° Mirabel (l'abbé). St-Andéal et son culte, in-12, orné de 9 figures. 2 50

38 exemplaires br.

16° Neveu. Procès des Templiers, in-8. 2 »

118 exemplaires br.

17° Pinamonti (le P.) La Religieuse dans la solitude, in-12. 1 25

16 exemplaires br.

18° Servais-Dirks. Fleurs du tiers-ordre séraphique, in-12. 2 25

152 exemplaires br.

19° Sniedeks. Petite sœur des pauvres, in-12. 2 »

30 exemplaires br.

20° Vuillaume. Sainte Maison de Lorette, in-12. 1 50

64 exemplaires br.

1248. **Ouvrages** divers :

944 volumes divers, savoir :

1° Au bout du monde, récits sur la civilisation moderne, in-12. 1 50

28 exemplaires br.

2° Boulay. Goethe et la science de la nature, gr. in-8. 0 75

30 exemplaires br.

3° DESPPEZ. Principes sur la connaissance de soi-même et de la nature de Dieu, in-8. 3 »

12 exemplaires br.

4° DEUX lois du monde, ou application des sciences aux religions. 1 »

38 exemplaires br.

5° GIROD (le P.). Connaissance pratique de la facture des grandes orgues, gr. in-8 avec 4 planches. 2 »

229 exemplaires br.

6° GONDRY DU JARDINET. Le Secret d'un touriste. in-12, nombr. vign. 3 »

28 exemplaires br.

7° GUILLEMIN (Alexandre). Les Cieux, in-8. 4 »

3 exemplaires br.

8° — Dieu, le Pape et la France, in-8. 1 50

10 exemplaires br.

9° — Réponse au Manuel Dupin, in-8. 2 50

37 exemplaires br.

10° HELLO. L'Homme, in-8. 4 50

12 exemplaires dont 4 br. et 8 sans couvertures.

11° L'EPINOIS (H. de). Henri Martin et son histoire de France, in-12. 3 50

390 exemplaires incomplets.

12° MANUEL du soldat français, in-18. 0 75

15 exemplaires cartonnés.

13° MAZURE. Le Champ de blé, esquisses pittoresques et morales, in-18. 2 »

32 exemplaires.

14° MONTEITH. Discours sur l'effusion du sang et le Droit de Guerre, in-8. 2 »

80 exemplaires br.

1249. **Pallottinus.** Collectio omnium conclusionum et resolutionum quæ in causis propositis apud sacram congregationem cardinalium S. Concilii Tridentini interpretum cura et studio Salvatoris Pallottini. *Romæ*, 1858, in-4. Chaque vol. 20 »

272 volumes divers dont un exemplaire complet (13 vol.)

1250. **Panormitani** Prima super primo (secundo, tertio, quarto et quinto) Decretalium, Nicolaide de Tudeschis, Siculi abbatis monacensis, archiepiscopi Panormitani, commentariorum in Lib. Decretalium ; 5 vol. — Consilia Questions et tractatus Panormitani. — *Lugduni, ex officina Joannis Dominici Guarnerii, Anno* 1642. — Ens. 6 vol. in-fol. goth. à 2 col. titres avec encadr. gr. sur bois, v. ant. rac.

Edition rare de cet important commentaire sur les *Décrétale*.

Raccommodages au titre et au premier f. de chaque volume.

1251. **Paré** (Ambroise). Les Œuvres, avec les figures et portraits des instruments de Chirurgie et de plusieurs monstres. *Paris*, *Buon*, 1575, in-fol. nombr. fig. sur bois, demi rel. v. ant. tr. dor.

Bonne édition estimé.

Exemplaire réglé avec l'encadrement du titre et le fleuron du premier f. PEINTS EN OR ET EN COULEURS. — Mouillure.

1252. **Parinet** (l'abbé). Trigonométrie, in-12. 1 50

1,086 exemplaires dont 240 cartonnés.

1253. **Perrot de Chezelle.** Ouvrages divers.

1,217 volumes.

1° Imitation de Jésus-Christ, traduction littérale en vers français, in-16. 4 »

827 exemplaires br.

2° Passion de N.-S. Jésus-Christ, mise en vers, in-18. 1 »

390 exemplaires br,

1254, **Petavius** (Dyonisius). Opus de theologicis dogmatibus a J.-B. Thomas. *Barri-Ducis*, *Guérin*, 1864. in-4, br.

100 volumes divers. savoir : 1 exemplaire complet (6 vol.) et 94 volumes divers des tomes I, II, IV et VI.

1255. — Dogmata theologica. Editio nova curante J. B. Fournials. *Parisiis*, *Vivès,* 1862, 8 vol. in-4, br.

1256. **Philosophie,** Morale, etc.

643 brochures ou volumes divers, savoir :

1° D'Avenel. Le Stoïcisme et les Stoïciens, in-12. 2 »

10 exemplaires br.

2° Duchesse de St-Léger. Essai sur le gouvernement de la vie, in-12. 4 »

9 exemplaires br.

3° — Septicisme ou Foi, in-12. 1 »

140 exemplaires br.

4° Durand (l'abbé). Le Spiritisme. 0 25

220 exemplaires br.

5° Foucou. Préliminaires de la philosophie, in-12. 2 50

67 exemplaires br.

6° Liebnitz. Monadologie, in-12. 1 25

180 exemplaires.

7° Monge (de). Etudes morales et littéraires, in-12.

6 exemplaires br.

8° Mir. Accord de la science et de la foi, in-12. 3 »

11 exemplaires br.

1257. **Picot.** Mémoires pour servir à l'histoire ecclésiastique du XVIIIe siècle, 7 vol. in-8. 21 »

40 exemplaires sans couvertures.

1258. **Pie IX** (Ouvrages sur, ou relatifs à).

11,877 volumes divers, savoir :

1° Actes et paroles de Pie IX, captif au Vatican, in-8. 6 »

427 exemplaires dont 48 br. et 15 rel.

2° Alcyoni. Prières pour Pie IX, in-32, texte encadré. 0 25

8,770 exemplaires br.

3° France (la) et Pie IX pet. in-12. 0 60

20 exemplaires :

4° Grandclaude. Constitutio Pii IX, in-12. 1 50

1,800 exemplaires dont 73 br.

5° Limbourg (le R. P.). Vie populaire de Pie IX, in-12. 2 »

50 exemplaires br.

6° Margotti (l'abbé). Episcopat de Pie IX à Spolète et à Imola, in-18. 0 70

65 exemplaires br.

7° Saint-Albin. Captivité de Pie IX, gr. in-8, orné d'un portr. et de plusieurs fig. hors texte. 6 ».

6 exemplaires demi-rel. chag.

8°. — Histoire de Pie IX, 2 vol. in-8. 10 »

9 exemplaires br.

9° Veuillot (Louis). Pie IX, br. gr. in-8, portr. et fac-similé. 1 »

730 exemplaires

1259. **Pierre** (Victor). L'Ecole sous la Révolution française, in-12. 2 »

2,109 exemplaires dont 49 br.

1260. **Piété** (Livres de).

1,352 volumes divers, savoir :

1° Abbé (A.M.). La Vie chrétienne, Récueil de prières, in-18. 2 »

14 exemplaires br.

2° Curat (l'abbé). Le Notre-Père au XIXe siècle, in-18 1 50

45 exemplaires br

3° Deynoodt. La Glorieuse couronne, in-8 5 »

11 exemplaires br.

4° Dubonis. Le Seigneur soit avec nous, in-12. 2 »

50 exemplaires br.

5° Lansac. L'Auréole de la Mère de Dieu, méditations pour le mois de Marie, in-24. 1 50

38 exemplaires cart. toile.

6° - La Piété selon le véritable esprit de l'Eglise, in-32. 2 »

120 exemplaires br.

7° Lombez (le P. de). Traité de la paix intérieure, in-12 1 50

4 exemplaires br.

8° Méric (l'abbé). Les Élus se reconnaitront au ciel, in-32. 1 50

125 exemplaires br.

9° Willet (Abbé). Le Premier besoin de l'homme ou traité de la prière, in-12. 1 50

66 exemplaires br.

10° Pélerinage du jeune chrétien, in-32. 0 90

130 exemplaires br.

11° Prétoire (du) au Saint-Sépulcre, in-18. 1 »

320 exemplaires br.

12° Quadrupani. Directions pour rassurer les âmes vouées à la piété, in-32. 1 »

78 exemplaires br.

13° Trouillat. Le Rosaire aux Saints lieux, in-12. 1 50

172 exemplaires br.

14° Zamet. Lettres spirituelles, in-12. 3 »

179 exemplaires br.

1261. **Pluot** (l'abbé). Retraite pascale d'après les prédicateurs contemporains, in-12. 3 »

690 exemplaires dont 40 br.

1262. **Poésies**, Chansons, etc.

1.176 brochures ou volumes divers :

1° Belouino (le P.). Fables et Apologues, in-12. 2 »

32 exemplaires br.

2° CANTATE militaire : Vive le Roi ! gr. in-4. 0 60

63 exemplaires br.

3° CHRÉTIEN. Roma, poésies catholiques, in-18. 1 »

165 exemplaires br.

4° DAUFRESNE DE LA CHEVALERIE. Poésies et chansons, 2 vol. in-32. 3 50

43 exemplaires br.

5° DEGRON. La Renaissance chrétienne, poésies, in-12. 2 50

92 exemplaires br.

6° DU CLÉSIEUX. Le Tocsin, in-8. 2 »

75 exemplaires br.

7° LAFOND. Le Poème de Rome, in-8, portr 4 »

225 exemplaires br.

8° LAGARDE. Pleurs et sourires, in-12. 3 »

90 exemplaires br.

9° LÉRUE (de). Dieu et Patrie, in-8, pap. teinté, culs-de-lampe, lettres ornées. 3 50

15 exemplaires br.

10° MARC ANTIBIS. Narragonie des monstres en Alsace-Lorraine (texte allemand), in-18.

50 exemplaires br.

11° NEVEU. L'idéal, l'âme, in-12. 1 50

228 exemplaires br.

12° OUVRIAN. Pauvres feuilles. Sous les chênes de la Bellevaux, in-16. 2 50

35 exemplaires br.

13° PHILPIN DE RIVIÈRES. Le Skalde de la Ste-Vierge, au quatorzième siècle en Islande, in-18. 2 »

63 exemplaires br.

1263. **Polémique.** Ouvrages et opuscules divers.

2,451 volumes divers, savoir :

1° Audel. Libre-penseur et catholique, in-12. 2 »

75 exemplaires br.

2° Cabibel (l'abbé). La Révolution et le clergé, in-8 3 »

52 exemplaires br.

3° Collard. Lettres normandes, in-12. 1 50

24 exemplaires br.

4° D'Anselme de Puisaye. Des Intérêts opposés aux opinions, in-8. 2 »

90 exemplaires br.

5° Du Couedic de Kergoualer. A propos de la chute d'une idole, in-8, 1 50

37 exemplaires br.

6° Du Val de Beaulieu. L'Erreur livre dans l'Etat libre, in-8. 3 »

45 exemplaires.

7° Laverdant : La mort de Littré.— Le Miracle, 2 vol. in-12. 1 »

157 exemplaires br.

8° Le Bressan. Société de propagande anti-cléricale, in-18. 1 »

370 exemplaires br.

9° Maisonneuve. Mœurs de demain, in-12. 3 »

45 exemplaires br.

10° Nicolas. L'Etat contre Dieu, in-12. 1 »

180 exemplaires br.

11° Rance (l'abbé). Renaissances et religion, in-8. 1 »

16 exemplaires br.

12° SAURET (R. P.). L'Athéisme in-12. 1 »

50 exemplaires br.

13° STOFFELS DE VARSBERG. La Morale, in-12. 0 60

870 exemplaires br.

14° THOMAS (l'abbé). Le Duel, l'église catholique et l'armée in-18. 0 60

440 exemplaires br.

1264. **Politique.**

1.296 volumes divers, savoir :

1° BÉCHADE (de). Dieu et le Roi, in-8. 1 »

112 exemplaires br.

2° BRAIS (de). Le Secret de la République, in-8. 1 »

40 exemplaires br.

3° BROC (de). La République et la Monarchie légitime, in-8. 1 »

210 exemplaires br.

4° GRANEL. Essai sur l'indifférenée en matière politique, gr. in-8. 1 »

170 exemplaires br.

5° LÉGITIMITÉ (la) et le Progrès, in-8. 1 50

115 exemplaires br.

68 LE PLAY. Programme de gouvernement et d'organisation sociale, in-12. 1 50

185 exemplaires br.

7° LE SERREC de Kervily (Comte). La République en France, in-8. 2 »

37 exemplaires br.

8° Morel (l'abbé). Incartades libérales de quelques auteurs catholiques, signalées au Concile œcuménique, in-12. 3 »

93 exemplaires br.

9° Poncins (de). Le Vrai 89, in-18. 0 50

240 exemplaires br.

10° Redon. Clergé et politique, boutades et raisons, in-18. 1 »

94 exemplaires br

1265. **Polybiblion.** Revue bibliographique universelle, publiée par la Société Bibliographique. *Paris*, 1868-1888, 54 vol. in-8, demi-rel. v. vert.

Les 21 premières années.

1266. **Prières** à Notre-Dame de Lourdes.

1930 feuilles dont 350 avec encadrement bleu, filet doré et chromo et 1,580 avec encadrement bleu et fig. en noir.

1267. **Provinces** de France.

548 brochures ou volumes divers, savoir :

1° Bossard, Le Parlement de Bretagne et la Royauté, 1766-1769, in-8. 2 »

85 exemplaires br.

2° Bouteiller. La Guerre de Metz de 1324, in-8. 4 »

4 exemplaires br.

3° Brem (de). Chroniques et légendes de la Vendée, in-12. 2 »

19 exemplaires br.

4° — Histoire des guerres de Vendée, in-12. 2 »

49 exemplaires br.

5° Cazauran. Sépulture gallo-romaine de Barran (Gers), in-8, fac-simile. 0 60

45 exemplaires.

6° Dafor. Polignan et Comminges, leur passé, leur présent, in-12. 3 »

66 exemplaires br.

7° Du Bourg. Etudes sur les coutumes communales du sud-ouest de la France, in-4. 1 »

120 exemplaires br.

8° Lander (Mme Hello). A Paris et en province, types et portraits, in-12. 2 »

45 exemplaires br.

9° Maillard (l'abbé). Les Troglodytes de la Vallée de l'Erve (Mayenne), in-8, figures. 1 50

22 exemplaires br.

10° Pimodan (de). Chateau d'Echenay, in-8 1 »

23 exemplaires br.

11° Pourtault (l'abbé).Le Champ de bataille de Clovis contre Alaric est-il à Vouillé ? in-12. 1 50

70 exemplaires br.

1268. **Regnaud** (l'Abbé). Abrégé de la Somme du cathéchiste. Cours de religion et d'histoire sacrée, 4 vol 4 »

1,060 exemplaires en feuilles.

1269. — Les Catéchèses sur les Evangiles du dimanche, 2 vol. in-12. Chaque. 4 »

3,360 volumes dont 80 br. savoir : 1,001 exemplaires complets et 1,358 du tome I seul.

1270. **Regnaud** (l'abbé). L'Enchiridion du catéchiste, in-12 4 »

790 exemplaires dont 90 br.

1271. — L'Encyclopédie ecclésiastique, 8 livraisons in-18 à 2 francs chaque.

6,714 livraisons, savoir :

574 exemplaires, complets dont 91 br.

2,122 livraisons diverses.

1272. **Réunion** de divers ouvrages.

1051 brochures ou volumes divers, savoir :

1° Cabanes. Pensées sur le monde, in-16. 1 »

14 exemplaires br.

2° Chabauty (l'abbé). Lettres sur les prophéties modernes et des prédictions jusqu'au règne de Henri V, in-8. 1 »

36 exemplaires br.

3° — Les Prophéties modernes vengées, in-12. 1 »

18 exemplaires br.

4° Grand (le) Pape et le grand Roi, dernier mot sur les prophéties, in-12. 1 »

40 exemplaires br.

5° Mirepaul. Notes sur l'organisation des bureaux de bienfaisance libres, in-8. 1 »

40 exemplaires br.

6° Mot (Un) sur le théâtre, in-12. 1 »

188 exemplaires br.

7° Parisot. Le Grand avènement, précédé d'un grand prodige (commentaires sur les prophéties d'Orval, de Nostradamus et de Malachie), in-8. 1 25

270 exemplaires br.

8° Temps (le) présent, in-8. 1 »

345 exemplaires br.

9° Teste (Louis). La République et la Magistrature in-12 1 50

100 exemplaires br.

1273. **Révolution** française. Brochures diverses à 0 20

18,128 brochures, savoir :

1° Balleyguier. Le Tribunal révolutionnaire.

1,410 exemplaires dont 685 br.

2° Cadoudal (de). Carnot.

920 exemplaires br.

3° Cadoudal (de). Le 10 Août.

430 exemplaires.

4° Loudun. Saint-Just.

2,000 exemplaires.

5° Maggiolo. Robespierre.

622 exemplaires dont 322 br.

6° Michel (G.) Pétion.

3,325 exemplaires dont 225 br.

7° Pierre (Victor). Danton.

3,250 exemplaires br.

8° Poncins (Léon de). La Prise de la Bastille.

546 exemplaires br.

9° Rastoul. Les Volontaires de 1792.

100 exemplaires.

10° Sciout. Décadi.

4,100 exemplaires br.

11° Teste (Louis). Fouquier-Tinville.

1,425 exemplaires.

1274. **Revue** des questions historiques, *Paris*, *Palmé* 1866-1889, 44 vol. in-8, demi-rel. v. brun.

Les vingt-quatre premières années de cette importante revue. On y a joint un volume de tables pour les vingt premières années. — L'année 1889 est en fascicules.

1275. **Ripalda** (R. P. J. Martinez de). Opera omnia, in-fol. Chaque volume. 25 »

56 volumes cartonnés et br. Savoir : 10 exemplaires complets (4 vol.) et 16 volumes divers.

1276. **Rochecave** (de). Sébastien Gomez, in-4. 5 »

63 exemplaires br.

1277. **Rohrbacher**. Histoire de l'Eglise, in-4. Chaque volume 7 »

469 volumes divers des tomes I à VI, VIII à XIII et table.

1278. **Romain** (Georges). L'Eglise catholique, autorité persuasive et libérale, in-12. 2 »

240 exemplaires br.

1279. — La Question protestante, in-8. 6 »

875 exemplaires br.

1280. **Romans**, contes, nouvelles.

1,113 volumes divers, savoir :

1° Archier. Un cœur pur, in-12. 2 »

60 exemplaires br. incomplets du titre et de la feuille de table.

2° Bollanden (de). La Croix et la Truelle, nouvelle populaire, in-8. 0 75

380 exemplaires br.

3° Buisseret (comtesse de). Ghislaine, in-12. 3 50

18 exemplaires br.

4° Chandeneux (Mme de). Les Visions d'or, in-12. 2 »

115 exemplaires br.

5. Croisy (de), Récit d'Henri, in-12, 2 »

74 exemplaires br.

6. Des Perriers. Contes et légendes de l'Orient, in-8. 1 »

170 exemplaires br.

7° Franco (le P.). Trois nouvelles, traduite par de Bellerive, in-18. 2 »

13 exemplaires br.

8° Hameau. Les Mémoires de Finette, in-12 fig. et vign. 2 »

46 exemplaires br.

9° Marnix (Ph. de). Joyeuse histoire, in-8. 1 50

86 exemplaires br.

10° Rick. Un Amour entre deux cercueils, in-12. 2 »

34 exemplaires br.

11° Rochay (J. de). Jasper ou les pêcheurs d'Helgoland, in-12 fig. et vign. 2 »

18 exemplaires br.

12° Roussel-St-Georges. Le Père Chopinard, in-32. 0 25

9 exemplaires br.

13° Taché. Forestiers et voyageurs. Mœurs et Légendes canadiennes, in-8. 3 50

44 exemplaires br.

14° Thomin. Drames de l'Irlande, in-12. 2 »

40 exemplaires br.

15° Vattier (Mme). La Fille du Pêcheur, in-12, fig. et vign. 2 »

7 exemplaires br.

1281. **Rome** et la Papauté.

931 brochures ou volumes divers, savoir :

1° Arsac (d'). La Papauté, ses ennemis et ses juges, in-12. 3 »

29 exemplaires br.

2° Clèves (l'abbé de). L'Exposition romaine, art religieux, in-12. 1 »

240 exemplaires br.

3° Colliot (l'abbé). Rome sera-t-elle toujours capitale du monde catholique? in-8. 1 »

35 exemplaires br.

4° Cornely. Rome et le jubilé de Léon XIII, in-12. 2 »

4 exemplaires br.

5° Denais. Rome au pape, in-8. 0 50

345 exemplaires br.

6° Echo de Rome (l'), 5e année, in-8. 5 »

40 exemplaires br.

7° Simonin (l'abbé). Guide du pélerin dans Rome, in-18.

184 exemplaires br.

1 »

8° Trois gascons causant avec leur curé sur le denier de Saint-Pierre, in-12. 2 »

54 exemplaires br.

1282. **Rosmini**. Maximes de perfection chrétienne et explication du Magnificat. In-12. 1 »

398 exemplaires dont 310 br. et 88 cart. toile.

1283. **Routhier**. A travers l'Europe. 2 vol. in-8°. 12 »

154 exemplaires br. plus 60 exemplaires du tome I.

1284. **Routhier**. Les Echos. In-12. 3 50

70 exemplaires br.

1285. **Roux** (Xavier). Ouvrages divers. In-32. chaque vol. 0 25

3,690 volumes divers, savoir :

1° Associations (les) ouvrières.

50 exemplaires br.

2° Révolution (la) jugée par les révolutionnaires.

3,640 exemplaires br.

1286. **Saint-Albin** (Emmanuel de). Ouvrages historiques, in-32. Chaque volume : 0 25

26,300 volumes :

1° Histoire de la Commune.

7,000 exemplaires en feuilles.

2° Histoire de la Révolution, 3 vol.

19,300 volumes divers, dont 15,100 br, savoir : 3,540 exemplaires complets, plus 6,275 du tome I et 2.405 du tome II.

1287. **Saint-Graal** (le), 3 vol in-12. 15 »

20 exemplaires br.

1288. **Sainte-Marie**. Un Siècle de révolutions en France. 4 »

147 exemplaires.

1289. **Sainte-Marthe**. Gallia Christiana in provincias ecclesiasticas, opera et studio Dionysii Sammarthani. *Parisii Typographia Regia*, 1716, in-fol. (Rel. non uniforme).

Tomes I à V et VII à X plus le tome XI de l'édition *Palmé*, 1874, et les tomes XIV, XV (2 exemplaires) et XVI (2 exemplaires) de l'édition *Didot*.

290. **Sainte-Marthe** Gallia Christiana... *Parisiis, ex Typographia Regia*, 1751, in-fol. à 2 col. v. ant. écaille.

Tome IX : *Province de Reims.*

1291. — Gallia Christiana... Editio altera labore et curio Pauli Piolin. *Parisiis, Palmé*, 1870-74. 7 vol. in fol. demi-rel. chag. noir plats toile, tr. peigne.

Tomes I à V, XI et XIII.

Provincias Albienis, Aquensis, Arelatensis, Auxitana, Burdigalensis, Camericensis, Coloniensis, Ebreduniensis, Lugdunensis, Mechliniensis, Moguntinensis, Rotomagensis, Tolosona, Trevirensis.

1292. **Sales** (Saint-François de). Du Retour de l'âme à Dieu. Grand in-16. 3 »

2,648 exemplaires dont 48 br.

1293. — Des Tentations. Grand in-16. 3 »

2,183 exemplaires dont 83 br.

1294. — Ouvrages divers :

518 volumes divers, savoir :

1° Fins (des) dernières, in-18. 0 75

100 exemplaires sans couvertures.

2° Pape (le), in-18. 1 50

418 exemplaires br.

1295. **Salles** (Félix). Annales de l'ordre Teutonnique. In-8. 10 »

170 exemplaires br.

1296. **Sallony**. Comment l'enseignement de l'Eglise doit se relever par la philosophie, gr. in-8 sur papier teinté. 2 »

296 exemplaires br.

1297. **Salmaticensis** Collegii cursus theologicus summam theologicam doctoris D. Thomæ complectens. *Paris Palmé*. Grand in-8 à 2 col br. — Chaque vol. 10 »

464 volumes, savoir : 1 exemplaire complet (20 vol). et 444 vol. divers des tomes I à X et XII à XX.

1298. **Sauvé** (Mgr). Ouvrages divers ;

431 volumes ou brochures divers, savoir :

1° Encyclique (l') aux catholiques de France, objections et réponses, in-12. 1 50

26 exemplaires br.

2° Qu'est ce qu'un nonce, in-18. 0 30

405 exemplaires br.

1299. **Scapulaires** du Mont-Carmel.

58 douzaines assorties.

1300. **Schouppe**. Ouvrages divers :

99 volumes divers, savoir :

1° Cursus Scripturæ sacræ, 2 vol. in-8, chaque 4 »
16 exemplaires br. plus 3 tomes II.

2° Evangelia dominicarum et festarum, 2 vol. in-8.
10 exemplaires br.

3° Instructions religieuses en exemples, 3 vol. in-12, chaque. 4 60
4 exemplaires br.

4° Meditationes sacerdotales, 2 vol. in-8. Chaque 5 »
16 exemplaires br.

1301. **Sciences** diverses.

1,261 brochures ou volumes divers, savoir :

1° Blanc (A). Etude sur la phtisie pulmonaire, in-8. 1 »
90 exemplaires br.

2°. Blanc (A.). Notion sur les propriétés médicinales de la feuille de chou, in-12. 2 »

147 exemplaires br.

3° Chavée (Dr). Restauration hippocratique de l'art de guérir, in-48. 0 20

465 exemplaires br.

4° Despinay (Dr). L'Art de vivre, in-18. 1 50

35 exemplaires br.

5° James (Dr Constantin). L'Hypnotisme expliqué dans sa nature et dans ses actes, in-8. 1 50

217 exemplaires.

6° Lecomte (l'abbé). Le Darwinisme et l'origine de l'homme, in-12. 3 »

12 exemplaires br.

7° Louis (Dr). Le Conseiller médical des familles, in-12. 3 »

35 exemplaires br.

8° Proost. Traité pratique de chimie agricole et de physiologie, in-12. 2 »

26 exemplaires br.

9° Servais (Dr). Conseils aux femmes sur les soins à donner à leur santé, grand in-12. 1 50

76 exemplaires br.

10° Theotime (Emile). L'Art de conserver sa santé d'après la méthode de Jean-Jacques Rigal, in-12. 2 »

83 exemplaires br.

11° Vade-Mecum du Kneippiste, in-12. 1 20

75 exemplaires br.

1302. **Scripturæ** Sacræ cursus completus (cours d'Ecriture Sainte). *Paris, Migne*, in-4. Chaque vol. 7 »

297 volumes divers brochés ou reliés, parmi lesquels

4 exemplaires complets (28 vol.)

1303. **Sénigon.** La Vérité en religion, in-12. 3 »

1,819 exemplaires dont 723 br.

1304. — Ouvrages divers :

1,584 volumes divers, savoir :

1° ETUDES sur le pouvoir dans la Société et les formes Sociales, in-8. 2 »

170 exemplaires br.

2° LIBERTÉ (La), in-18. 0 75

1,414 exemplaires br.

1305. **Socialisme.** Ouvrages divers :

3,225 volumes et brochures.

1° BARBES. La République devant la question sociale 0 10

2,800 exemplaires.

2° GUÉRIN (Urbain). L'Evolution sociale, in-12. 3 50

7 exemplaires.

3° INSTITUTIONS qui protègent l'atelier et la famille ouvrière in-12.

90 exemplaires br.

4° NICOTERA. Le Socialisme, traduit de l'Italien, in-12. 3 »

6 exemplaires br.

5° ŒUVRES des cercles catholiques d'ouvriers, assemblées générales de 1876, in-12. 5 »

7 exemplaires br.

6° ONCLAIR. De la Révolution et de la restauration des vrais principes sociaux, 4 vol. in-8. 20 »

7° RIVE (Th. de la). Le Péril social et le devoir actuels, in-12. 1 »

150 exemplaires br.

8° TANNEGUY DE WOGAN. Moyen de vivre bien pour 10 sous par jour, in-8. 1 «

30 exemplaires br.

9° VALSEGAN (de). Essai sur l'organisation sociale, in-12 2 »

29 exemplaires br.

10° WINTERER. Trois années de l'histoire du socialisme contemporain, in-8. 1 25

1306. **Sophocle.** Tragédies diverses :

2,795 volumes, savoir :

1° ANTIGONE, avec notes de M. Bierre, in-12. 1 »

300 exemplaires cartonnés.

2° ŒDIPE roi, notes de M. Amelineau, in-12. 1 »

1,005 exemplaires dont 105 cartonnés.

3° PHILOCTÈTE, avec notes de M. Bierre, in-12 1 »

1,490 exemplaires dont 200 cartonnés

1307. **Stiernet** (l'abbé). La Littérature française au XVIIe siècle, in-8. 7 50

44 exemplaires br.

1308. **Surius.** Historiæ seu vitæ sanctorum, in-8. Chaque vol. 10 »

195 vol. divers dont 15 exemplaires des tomes I à XII

1309. **Surmont.** Grammaire Française correspondant aux trois cours du programme de 1882, in-12. 1 fr. 25

2,048 exemplaires dont 796 cartonnés.

1310. **Tavola** Istorica e cronologica degli avvenimeuti piu celebri de' principati per Cl). I).C. anni dall' imperio d'Augusto al principio del corrente secolo. *Roma*, 1695, fig. in-4, vélin.

Suite rare de 80 figures sur cuivre, accompagnées de

texte, dessinées et gravées par Francesco Bianchini, Ces pièces, découpées d'un grand tableau in-folio sont de format in-32 et collées à plat sur beau papier de Hollande. Cette suite de monnaies, emblêmes et armoiries, a été ainsi établie par Giulio Bernardino TOMITANO, dont une NOTE AUTOGRAPHE se trouve en tête du volume.

1311. **Terrier de Loray.** Jean de Vienne, amiral de France, 1341-1396, in-8. 6 »

183 exemplaires dont 31 br. et 5 en demi-rel. chag.

1312. **Testamentum** (Vetus et Novum) græce ex antiquissimo codice Vaticano edidit Angelus Maius. *Romæ, Spithover*, 1857, 5 vol. in-4, br. 220 »

5 exemplaires.

1313. **Theiner** (Auguste). Codex diplomaticus Domini temporalis S. Sedis. Recueil de documents pour servir à l'histoire du gouvernement temporel des Etats du Saint-Siège. *Rome, Impr. du Vatican*, 1861, in-fol. br.

Tome I.

1314. — Vetera Monumenta historica Hungariam sacram illustrantia maximam partem nondum edita... *Romæ, typis Vaticanis*, 1860, 2 vol. in-fol. br.

1315. — Vetera Monumenta Slavarum meridionalium historai maxima partem nondum edita ex tabulariis Vaticanis deprompta. *Romæ, typis Vaticanis*, 1863, in-fol. br.

Tome Ier.

1316. **Théologie** et Mélanges religieux.

2921 volumes divers, savoir :

1° ANNÉE de St-Antoine de Padoue, in-12. 3 »

5 exemplaires br.

2° BALLERINI. Gustus recognitionis Vindiciarum Alphonsianarum, in-8. 1 50

20 exemplaires br.

3° BOCO (l'abbé). Le Catholique dans le monde, in-12. 2 50

83 exemplaires br.

4° COURTEBOURNE (le R. P. de). Les Précurseurs païens du rationalisme moderne, in-8. 1 »

135 exemplaires br.

5° DOZENNE (le R.P.). La Morale de Jésus-Christ, in-18. 2 50

22 exemplaires br.

6° DULAC (l'abbé). Œuvres de St-Denis l'Aréopagite, in-8. 6 »

10 exemplaires br.

7° FRÉRET (l'abbé). Le Droit divin et la Théologie, in-8 1 50

3 exemplaires br.

8° FLEURY (de). La Question du dimanche, in-48. 1 »

170 exemplaires br.

9° GROS. Mélanges philologiques et religieux, in-8. 7 »

2 exemplaires br.

10° IRIZARY MOYA. Défense de Dieu, de la Religion et du Pape, 4 volumes in-8. Chaque vol. 2 »

1,966 volumes divers savoir : 408 exemplaires br. et 334 fascicules séparés.

11° JAVAL. Judaïsme et Christianisme, in-12. 1 50

24 exemplaires br.

12° LIBOUROUX (l'abbé). Controverse entre Bossuet et Fénélon au sujet du quiétisme, in-16. 3 »

12 exemplaires br.

13° MOIS indulgencié, in-18. 1 »

32 exemplaires br.

14° MOITRIER. Le Carême, in-12. 2 »

258 exemplaires br.

15° MOREL (l'abbé). Le prédicateur, ce qu'il doit être et ce qu'il doit dire, in-12 2 »

38 exemplaires br.

16° NAU (l'abbé). Préjugés et vérités, ou les illusions des gens du monde, in-12. 2 50

70 exemplaires br.

17° ONCLAIR. Instructions dogmatiques et morales pour le dimanches et jours de fêtes, in-8. 4 »

23 exemplaires br.

18° PERRIOT. Les Enseignements de Léon XIII, in-8. 1 »

48 exemplaires br

1317. **Thomas d'Aquin (saint).** De Veritate catholicæ fide contra Gentiles. Libri quatuor, in-8. 6 fr.

58 exemplaires br.

1318. — Summa sancti Thomæ hodiernis academiarum morii bus accommodata opera ac studio F. C. R. Billuart. 8 tomes en 9 vol. gr. in-8 à 2 col. br. et rel.

1319. **Touchard-Lafosse.** La Loire historique, pittoresque et biographique. *Nantes, Suireau,* 1840, 5 vol. gr. in-8, fig. chagrin violet.

1320. **Tragédies,** drames et comédies en vers.

1,026 volumes et brochures divers savoir :

1° DÉRAN-HYRNE. Saul changé en Paul, tragédie, in-8 1 »

194 exemplaires br.

2° Esdouhard. Myranne de Magdala, drame, in-8. 3 »

450 exemplaires br.

3° Guillemin (Alex.). Jonathas, tragédie, in-8. 2 »

40 exemplaires br.

4° Maumus (Joseph). Sennacherib, tragédie. — Russes et Polonais, drame, in-18. 1 50

280 exemplaires br.

5° Proost L'Auberge du veau d'or, comédie.

62 exemplaires br.

1321. **Turbergue.** La Femme du monde selon l'Évangile; lettres-préfaces de Mgr Mermillod et de l'abbé Besson, in-16. 3 »

58 exemplaires dont 8 br.

1322. **Van Reeth.** De probabilismo sancti Alphonsi, quæstio facti et juris, in-4 à 2 col. 6 »

28 exemplaires br.

1323. **Varia.**

2,003 brochures ou volumes divers, savoir:

1° Broeckaert (le R. P.). Abrégé du jeune littérateur, in-12. 2 50

150 exemplaires br.

2° — Edition in-8. 3 50

14 exemplaires br.

3° Freynet. Cinq méchantes sottises, in-8. 0 30

85 exemplaires br.

4° Gratry. La Question d'Honorius. 0 25

1,500 exemplaires br.

5° NOTAIRE (un) franc-maçon et bien pensant, par le Syndicat de ses victimes, in-12. 1 25

76 exemplaires br.

6° PARRAT. Stoechioponie, ou la langue simplifiée, in-18. 1 »

178 exemplaires br.

1324. **Vasseur.** Mélanges sur la Chine, in-4. 20 »

7 exemplaires br.

1325. **Vattier d'Ambroyse** (Mme). Le Littoral de la Manche.

Réunion de Trois cent vingt six dessins originaux de MM. A. Karl et Caussin, à la plume, au crayon, ou rehaussés de blanc, ayant servi à l'illustration des *Côtes Languedociennes*. Ils sont accompagnés de leurs fumés tirés sur Chine ou sur papier couché

1326. **Vattier** (Mme). L'Ami de la jeunesse. 1 25

1,299 exemplaires dont 100 br. et 299 cartonnés.

1327. — La Vie en plein air, lectures et récits champêtres, beau vol. in-12 illustré d'un grand nombre de gravures. 3 »

1,050 exemplaires dont 20 br.

1328. **Veuillot** (Eugène). Critiques et croquis, in-12. 2 50

644 exemplaires br.

1329. **Veuillot** (Louis). Ouvrages divers :

129 volumes, savoir :

1° BERNARD Veuillot, in-12. 3 »

19 exemplaires br.

2° LES COULEUVRES (les) in-12. 2 »

59 exemplaires br.

3° Filles de Babylone, in-12 1 25

12 exemplaires br.

4° Légalité, in-18. 1 25

39 exemplaires.

1330. **Vie** (la) **de** N. S. Jésus-Christ, écrite par les quatre évangélistes et illustrés de 130 gravures sur acier. *Paris, Pilon, s. d.* (1863), 2 vol. gr. in-fol. pl. sur Chine, br.

1331. **Vies** de prélats et de religieux de divers ordres.

1,322 brochures ou volumes divers, savoir :

1° Bezaudun. Histoire du R. P. de Contenson, de l'ordre des frères prêcheurs, in-12 2 »

49 exemplaires br.

2° Boutrais (Dom). Lansperge le Chertreux, in-8 avec portrait. 1 50

120 exemplaires br.

3° Cabannes (l'abbé). Vie de Mgr de Belzunce, in-8. 1 »

78 exemplaires br.

4° Cadrès (le P.). Vie du P. J.-N. Grou, in-8, fac-similé. 1 »

135 exemplaires br.

5° Clotet (le R. P.). Vie de Mgr Antoine-Marie Claret y Clara, premier archevêque de Cuba, in-18. 1 »

99 exemplaires br.

6° Guillemin. Le P. Lacordaire, in-8. 4 »

25 exemplaires br.

7° Haiguerė. Mgr Haffreingue, in-12. 1 »

80 exemplaires br.

8° HÉNAUT (l'abbé), ou les Obsèques d'un curé pauvre, in-8. 1 »

30 exemplaires br.

9° LANJUERE (de). Vie de Mgr Olier, in-8. 3 50

9 exemplaires br.

10° MAUGÈRE. Vie de l'abbé Barillot, in-8 3 50

38 exemplaires br.

11° POSTEL. Histoire de la vénérable Marie Christine de Savoie, in-18, 1 40

19 exemplaires br.

12° REGNIER (Mgr). Lacordaire, in-12. 2 50

135 exemplaires br.

13° RIGAUT (le R. P.). Vie du bon père Fournet, fondateur des sœurs de Saint-André, in-12 3 »

10 exemplaires br.

14° SÉGUIN (le P.). Vie du P. Canisius, in-12 2 »

35 exemplaires br.

15° SÉGUR (Mgr), Notes intimes sur sa vie, in-18 1 »

460 exemplaires br.

1332. Vies de Saints et de Saintes.

657 brochures ou volumes divers, savoir :

1° BEAUPRÉ (de). Vie et cultes de Saint-Eugène, in-8. 1 »

69 exemplaires br.

2° DEYNOODT. Saint Jean Berchmans, ses miracles, in-12. 1 50

252 exemplaires br.

3° DIDIEU (l'abbé) Vie de Saint-Louvent ou Lupien (VIe siècle), in-12. 1 50

25 exemplaires br.

4° Guérin (Paul). Vie des Saint s, d'après le Père Giry, 4 vol in-12.

3 exemplaires cart.

5° Histoire de Saint-Augustin, 2 vol. in-8. 6 »

8 exemplaires br.

6° Prevost. Histoire de Sainte Philomène et de son culte In-12. 3 50

78 exemplaires br.

7° Rameau (l'abbé). Histoire de Saint Sigismon, in-18. 1 »

185 exemplaires br.

8° Rouzier (l'abbé) Vie de Saint Valeric, portr. et esquisse, in-12. 1 50

10 exemplaires br.

9° Ruffin (l'abbé). Vie de Saint Guérin, abbé d'Aulps, évêque de Sion, in-12. 2 50

13 exemplaires br.

10° Smeat. Acta Sdncti Huberti, in-fol.

11 exemplaires br.

11° Vaillant. Vie des saints, in-8. 5 »

3 exemplaires br.

1333. **Villermont** (C de). Rome et Frohsdorff, ou les pèlerinages de M. Grain-d'Or, in-8. 4 »

80 exemplaires br.

1334. **Vincent de Beauvais**. Speculum historiale. (A la fin :) *Explicit Speculum historiale fratris Vincencii, impressum per Johannem Mentellin, anno domini millesimo quadrongentesimo septuagesimitercio quarta die sep-*

tembris. (1473), 4 tomes en 2 forts vol. in-fol. à 2 col. sans ch. ngs. ni récl. car. ronds, demi-rel. chag. violet avec coins.

Edition fort rare de cette importante compilation. Nous avons ici la **première et la plus précieuse** des éditions de la quatrième partie de cette véritable encyclopédie du XIIIe siècle

Exemplaire avec les initiales laissées en blanc peintes en rouge, bleu ou jaune. Quelques taches et racommodages.

1335. **Vivat** Rex Carolus. Det tibi Dominus auxilium de sancto. (Au verso du titre :) Hermanni Nuenarii Comitis inclyti epigramma in defectionem solis et electionem Caroli Regis Romanorum. (A la fin :) *fortii, Franco anno M.D.XIX. pridie calendas Junii* (1519), in-4 de de 24 ff. non ch. dont le dernier blanc, car. ronds, titre avec encadr. et fig. sur bois, lettres ornées, demi-cart. perc.

Opuscule rare.

1336. **Voyages** en France, en Orient, etc.

247 volumes divers, savoir :

1° Avril (d'). Voyage sentimental dans les Pays slaves, in-12. 2 »

23 exemplaires br.

2° Bellot (de). Souvenir d'un voyage en Terre Sainte, in-12. 2 »

35 exemplaires br.

3° Besson (le P). La Syrie et la Terre Sainte, in-8. 5 »

5 exemplaires br.

4° Chapiat. Voyage dans les Vosges, in-12 3 »

18 exemplaires br.

5° Delaplanche (l'abbé). Le Pélerin. Voyage en Egypte, en Palestine, en Syrie, in-8. 2 »

100 exemplaires br.

6° Robersat (Mme de). Orient Egypte, in-12. 3 »

16 exemplaires br.

7° Roger (Dr). Souvenirs d'Italie, in-12. 3 »

50 exemplaires br.

8° Vallée. Souvenir d'un pélérinage à Jérusalem, in-8. 2 »

10 exemplaires br.

1337. **Voyages** et Découvertes géographiques. Collection publiée sous la direction de MM. Cortambert et de Bizemont, in-18 cartes. Chaque vol. 1 »

16,020 volumes divers, savoir :

1° Barbier. A travers le Sahara.

1,550 exemplaires dont 69 br.

2° Bizemont (H. de). Amérique centrale et Panama.

1,101 exemplaires dont 76 br.

3° Bizemont (H. de). Indo-Chine.

452 exemplaires dont 88 br.

4° Castonnet des Fosses. Madagascar.

1,440 exemplaires dont 76 br.

5° Champion (Paul). Le Canada.

1,410 exemplaires, dont 90 br.

6° Charmetant. D'Alger à Zanzibar.

1,819 exemplaires dont 69 br.

7° DELAVAUD. L'Australie.

1,790 exemplaires dont 141 br.

8° GAFFAREL. Nunez de Balboa.

2,715 exemplaires dont 500 br.

9° GIRARD (J.). Les Côtes de France.

1,738 exemplaires dont 88 br.

10° TOURNAFOND. La Corée.

2,005 exemplaires dont 75 br.

1338. **Vuy** (Jules). Origine des idées politiques de Rousseau, in-12. 2 50

470 exemplaires br.

Papiers propres à l'impression

1339. 1 rame de papier journal à 16 kilos.

1340. 1 rame jésus blanc, à 10 kilos la rame.

1341. 1 rame et 24 feuilles grand jésus.

1342. 4 rames, 404 feuilles, de papiers divers : coquille, raisin ou jésus, à 12, 16 ou 20 kilos la rame.

1343. 5 rames, 222 feuilles de papier de couleur pour couvertures, rose, jaune, vert, bleu, gris, rouge, pittoresque et chiné, du format double carré raisin et jésus.

1344. 6 rames double coquille, bulle et couleur, pour bandes à 6 kilos la rame.

1345. 6 rames, 234 feuilles et 534 quarts de feuilles jésus, à 16 kilos la rame.

1346. 8 rames jésus simple, à 10 kilos la rame.

1347. 8 rames 1/2 coquille vergé à 20 kilos la rame.

1348. 12 rames, double coquille vergé, à 20 kilos la rame.

1349. 18 rames 1/2 double carré vergé.

Clichés de Textes

1349bis. **Bibliothèque** du foyer. Collections des meilleurs auteurs français et étrangers. 21 vol. in-32 à 0 25

Bossuet : Discours sur l'Histoire universelle, 3 vol. — Camaoëns ; les Luisiades, 1 vol. — Chateaubriand : Génie du christianisme, 1 vol. ; de Paris à Jérusalem, 3 vol. ; Voyage en Amérique, 1 vol. — Cervantès : Don Quichotte de la Manche. — Cooper : Les Pionniers, 2 vol. ; le Tueur de daims, 2 vol. — Foë : Robinson Crusoé, 2 vol. — Racine : Esther, Phèdre, 1 vol. — Rienzi, 1 vol. — Silvio Pellico ; Mes Prisons, 1 vol. — Thierry ; Récits mérovingiens, 2 vol.

1350. **Boreau.** Petits cours d'histoire universelle et de géographie, in-18.

1. Histoire ancienne. — 224 pp.
2. — romaine. — 216 pp.
3. — du moyen-âge. — 325 pp.
4. — de France en 30 leçons. — 142 pp.
5. — de France élémentaire. — 306 pp.
6. Petit cours de géographie. — 202 pp.
7. — Histoire naturelle. — 225 pp.

Tous ces clichés sauf les nos 1, 3 et 4 se trouvent chez le Roy, à Rennes.

1351. **Boreau** (Victor). Cours d'histoire universelle et de géographie, in-12.

1. Histoire Sainte. — 436 pp.
2. — ancienne. — 388 pp.
3. — romaine. — 360 pp.
4. — du Moyen âge. — 540 pp.
5. — des temps modernes. — 566 pp.
6. — de France, 2 vol. — 356 et 391 pp.
7. — de Russie. — 267 pp.
8. Cours d'histoire naturelle. — 166 pp. (?)

Tous ces clichés se trouvent chez Le Roy à Rennes.

1352. **Casabianca**. Ecrin de N.-D. de Lourdes, in-16 de XXII-440 pp.

1353. **Latreille** et **Palmé**. La Cuisine de carême, in-12 de 235 pp.

1354. **Loudun** (E.). Les Pères de l'Eglise, in-12 de VII-292 pp.

1355, **Regnault** (l'abbé). Les Catéchèses, 2 vol. in-12.

1356. Sous ce numéro il sera vendu en un ou plusieurs lots un certain nombre de clichés divers.

Clichés pour Illustrations

1357. **Acta Sanctorum**, voir numéro 1400.

1358. **Aubineau**. Les Serviteurs de Dieu au XIXe siècle, in-8, illustrations de Georges Lavergne.

7 Galvanos.

1359. **Buet** (Charles). Le Prêtre, in-8, compositions de Georges Sauvage.

8 Bois, 16 Galvanos.

1360 **Champeaux** (le P.). Vie de Saint-Joseph, in-8.

100 Bois, 200 Galvanos.

1361. **Chauveau** (le P.). Au Service du Pays, 2 vol. in-8.

60 Bois, 148 Galvanos.

1362. **Classiques** grecs, latins et français : Homère, Euripide, Platon, Plutarque, Théocrite, Cicéron, Cornélius Nepos, Horace, Phèdre, Tacite, Corneille, Descartes, Racine, divers vol. in-12.

1,200 Gillotages.

1363. **Cours d'Anthropologie**, par un professeur de l'Université catholique de Paris.

41 Bois, 49 Galvanos.

Il sera livré à l'acquéreur de ces clichés 1,500 exemplaires des feuilles 1 à 6 de cet ouvrage qui n'est pas terminé.

1364. **Cucherat.** Pèlerinage à Paray-le-Monial, à la Salette, à Longpont, à Lourdes, à Pontmain, à N.-D.-des-Victoires, in-8.

21 Bois, 39 Galvanos.

1365. **Daumas.** Histoire de l'Ancien et du Nouveau Testament, in-12.

33 Bois, 21 Gillotages.

1366. **Davesnes.** Garibaldi, in-18.

11 Bois.

1367. **Dessins** d'orfèvrerie.

28 Bois, 29 Galvanos.

1368. **Durand** (l'abbé). Mois de Marie des madones de Pie IX, in-32.

25 Bois, 59 Galvanos.

1369. **Féval** (Paul). Contes de Bretagne, in-8.

32 Galvanos.

1370. **Féval** (Paul). La Fée des grèves, in-8.

5 Bois, 4 Galvanos.

1371. **Fraiche.** Cours complet de physique, 2 vol. in-8.

702 Bois, 300 Galvanos.

1372. — Eléments d'Algèbre, in-8.

17 Bois, 19 Galvanos.

1373. — Eléments de Géométrie. Cours de Géométrie 2 vol. in-8.

300 Bois, 633 Galvanos.

1374. **Gautier** (Léon). La Chevalerie, in-4.

57 Galvanos.

1375. — Ecrin du Moyen-Age : Choix de prières. — Prières à la Vierge. — Le Livre de tous ceux qui souffrent. 3 vol. in 32.

26 Bois, 18 Galvanos.

1376. **Giry** (le P.). Vie des Saints, in-4.

6 Cuivres.

1377. — Le même ouvrage, in-8.

21 Bois, 33 Galvanos, 1 Gravure sur cuivre.

1378. **Jardin.** Le Coton, in-12.

6 Gillotages.

1379. **Jeune** (le) **Age illustré.** Journal grand in-8.

1,672 Gillottages.

1380. **Lamurée.** Rome et le Saint-Père, in-12.

12 Galvanos.

1381. **Lettrines** illustrées.

39 Galvanos.

1382. **Messe** des morts en plain-chant. (Plaques in-fol.)

15 Galvanos.

1383. **Montgomery** (Miss). Incompris, in-8, illustrations d'Adrien Marie.

92 Gillotages.

1384. **Portraits** (grands) et gravures diverses.

38 Bois.

1385. **Portraits** (petits) pour format in-8.

60 Bois, 457 Galvanos.

1386. **Ratisbonne** (le P.). Allégories et Paraboles, in-8.

54 Bois, 118 Galvanos.

1387. **Scènes,** vues, paysages.

880 Galvanos.

1388. **Sepet** (Marius). Le Chevalier Bayard, in-12.

1 Bois, 9 Galvanos.

1389. **Vaillant.** Vie des Saints d'après le P. Giry, in-12.

16 Galvanos, 19 Gillotages.

1390. **Vattier** (Mme). La Vie en plein air, in-12.

31 Galvanos.

1391. **Vattier d'Ambroyse.** Littoral de la France, gr. in-8.

44 Gillotages pour le tirage en couleurs (*chromo-typo*) de 22 gravures (*Marines*) — 35 Bois, 30 Galvanos.

1392. **Verdun.** L'Or tyran.

24 Gillottages.

1393. Sous ce numéro il sera vendu en un ou plusieurs lots un certain nombre de Galvanos, Cuivres, etc.

1394. Champeau (le R. P.) Vie illustrée de Saint-Joseph, in-8.

175 gravures : *Mort de Saint-Joseph*

1395. Gautier (Léon). La Chevalerie, Gr. in-4.

2,800 gravures diverses.

1396. Guérin (Mgr Paul). Vie des Saints, 2 vol. grand in-8. 60 »

2 exemplaires dont un vol rel., 1 exemplaire du tome I, 60 exemplaires des 12 planches en chromo (soit 720 planches), 660 légendes sur papier de soie et envi-17,000 feuilles diverses du tome I (la feuille 1 manque les feuilles 2, 3 et 4 n'existent qu'à très petit nombre).

1397. Lasserre (Henri). Les Épisodes miraculeux de Lourdes, Grand in-8. 25 »

3 exemplaires plus 700 couvertures illustrées.

1398. Vattier d'Ambroyse. Littoral de la France in-8.,

10,000 gravures diverses hors texte dont quelques centaines coloriées pour les tomes I et II.

1399. Analecta Juris Pontificii. Recueil de dissertations, sur différents sujets de droit canonique, de liturgie, de théologie et d'histoire. *Paris*, 1877-1889, grand in-4. — Chaque livraison. 2 50

47,220 livraisons diverses, en feuilles, brochées, ou réunies en volumes.

ACTA SANCTORUM

par les Bollandistes

Chacun des numéros suivants sera adjugé provisoirement, puis le tout sera remis en vente sur le total des adjudications partielles. S'il ne se présente pas d'acquéreur pour l'ensemble, les premières adjudications deviendront définitives. — Aussitôt l'adjudication prononcée l'acheteur sera tenu de verser une provision de 20 % du montant de son adjudication sinon le ou les numéros vendus seront immédiatement remis en vente à ses risques et périls.

1400. **Onze exemplaires** des 63 vol. in-fol. rel. br. ou en feuilles.

La plus grande partie des exemplaires de cette importante publication qui se trouvent dans le commerce, sont incomplets Les onze exemplaires que nous mettons en vente ont été collationnés avec soin et sont, sans doute, *les plus complets qu existent.*

Nous ne trouvons à y signaler que les quelques lacunes suivantes qui peuvent être comblées à peu de frais : La feuille 29 du tome IV manque à 10 exemplaires, quelques exemplaires des tomes I à IV, IX, XXVI, et LX sont incomplets de 1 à 10 feuilles diverses et il manque le titre ou le frontispice à 8 exemplaires du tome XXI et à quelques exemplaires de deux ou trois autres volumes. Un des exemplaires est formé avec des volumes de l'édition d'Anvers et de la réimpression ; il y manque le tome LX.

1401. **Onze cent quatre-vingt-dix** volumes divers reliés, br. ou en feuilles dont 818 complets, 238 incomplets du frontispice ou du titre, 114 auxquels il manque une feuille et 19 volumes de l'édition d'Anvers la plupart incomplets d'une ou plusieurs feuilles.

Avec les volumes ci-dessus ont pourrait former un certain nombre de **collections** auxquelles il ne manquerait pour être **complètes** que les tomes III, IV et LX dont nous n'avons aucun exemplaire et les tomes I, II, IX et XXVI dont nous n'avons qu'un seul exemplaire de chaque.— Le tome XIII de la collection : *Propylaeum ad Acta sanctorum*, vol. in-folio de 1,200 pp, renfermant tous les portraits des Papes, figure ici au nombre de 96 exemplaires dont 61 incomplets de la feuille 3. — Une quarantaine de Volumes des tomes I, II, V, VI et IX sont légèrement endommagés.

1402. **Défets** représentant la valeur d'environ 1500 volumes dont une certaine quantité pourraient former des collections ou des volumes complets en réimprimant quelques feuilles.

1403. **Mille planches** environ et pièces diverses : titres, portraits, vues diverses, etc. la plupart anciens.

1404. **Clichés** : 184 bois et 143 cuivres (portraits).

N° 754

Paris. — Imp. Vermorcken, 66, rue Sainte-Anne

CONDITIONS

Tous les ouvrages annoncés sont en feuilles, sauf indication contraire. Le nombre des couvertures n'est pas rigoureusement garanti. Les clichés sont vendus dans l'état où la faillite les possède et sans garantie.

1° Ces marchandises seront vendues au plus offrant et dernier enchérisseur livrables dans les Magasins où elles se trouvent, visibles deux jours avant la vente Aussi les acquéreurs ne pourront-ils prétendre à aucune réclamation pour quelque cause que ce soit.

2° Les enchères et le lotissement seront fixés au moment de la vente.

3° L'adjudicataire paiera comptant, sans escompte, chez le courtier, 9, rue du Trésor, le principal, ainsi que les frais réglés à 1 fr. 15 c. par 100 fr., soit 15 c. pour droits d'enregistrement et 1 fr. pour courtage.

4° Faute par l'Adjudicataire de prendre livraison dans les trois jours, la marchandise sera revendue à sa folle enchère, à ses risques et périls, trois jours après la sommation qui lui aura été faite de recevoir et sans qu'il soit besoin de jugement

5° Les frais de magasinage sont dûs à partir du troisième jour de la vente.

6° Aucune réclamation pour quelque cause que ce soit ne sera acceptée après la livraison des marchandises.

7° Pour les ouvrages décrits séparément un exemplaire sera mis aux enchères à charge par l'acquéreur de prendre au prix d'adjudication du dit exemplaire les volumes annoncés. Les ouvrages groupés sous un même numéro pourront être divisés

Signé : **H. CAMPAGNE**

Courtier de Marchandises Assermenté au Tribunal de Commerce de la Seine,

Paris, le 3 Avril 1894

9, rue du Trésor,

(26, rue Vieille-du-Temple)

Les acheteurs devront verser une provision aussitôt l'adjudication prononcée

Catalogue se trouve : 1° Chez M. **H. Campagne** courtier assermenté, 9, rue du Trésor, (26, rue Vieille-du-Temple).

2° Chez MM. **Em Paul, L. Huard et Guillemin**, libraires-experts, 28, rue des Bons-Enfants.

3° A la Chambre Syndicale des Courtiers à la Bourse du Commerce.

www.ingramcontent.com/pod-product-compliance
Ingram Content Group UK Ltd.
Pitfield, Milton Keynes, MK11 3LW, UK
UKHW021110260726
13994UKWH00002B/832